HUNGER GAMES

A filosofia por trás dos Jogos Vorazes

LOIS H. GRESH

HUNGER GAMES

A filosofia por trás dos Jogos Vorazes

Tradução de Cassius Medauar

lua de papel

SUMÁRIO

1. A TRILOGIA *JOGOS VORAZES*

Sobrevivendo ao fim do mundo

Em livros pós-apocalípticos distópicos (o oposto de utopias, que retratam o mundo real acentuando os traços negativos), normalmente os remanescentes da humanidade sobrevivem lutando contra as intempéries, que incluem desde guerras nucleares a total deterioração do meio ambiente; invasões de alienígenas, zumbis ou outros monstros; disseminação de pragas; contaminação por agentes químicos; desenvolvimento de problemas genéticos terríveis; surgimento de enormes buracos negros que nos engolem; terremotos; vulcões; e até mesmo plantas carnívoras devoradoras de humanos. Muitos destes cenários são induzidos pelo homem: bombas nucleares, guerras químicas e biológicas, engenharia genética, aquecimento global, poluição, ganância corporativa e governamental. No mundo real, se algumas poucas pessoas sobrevivessem a um apocalipse desses, só haveria um jeito de fazer a raça humana desaparecer completamente: os sobreviventes teriam que matar uns aos outros.

Chegamos então ao livro *Jogos Vorazes*, de Suzanne Collins, e suas duas sequências, *Em chamas* e *A esperança*. Enquanto os dois primeiros têm como foco os gladiatórios e anuais Jogos Vorazes e depois o Massacre Quaternário, o terceiro trata essencialmente da guerra.

Dirigido originalmente para adolescentes, a série rapidamente ganhou todo mundo: 12, 13, 14, 25, 35, 50 anos. Não interessa se você é muito jovem ou velho, as mensagens são as mesmas. Se os seres humanos não tomarem cuidado, o futuro de todos nós estará em risco por causa de guerras, crueldades, sede de poder e cobiça. As crianças são o futuro da humanidade. Se matarmos nossas crianças, quem sobrará?

Há um jeito melhor de demonstrar esses pontos do que criar um apocalipse seguido por guerra e rebelião e depois jogar as crianças dos derrotados umas contra as outras em batalhas anuais que terminam somente com a morte, ou seja, os Jogos Vorazes? E mais: se os Jogos Vorazes não matassem crianças o suficiente, a Capital ainda colocaria os vencedores para lutar entre si no Massacre Quaternário.

Em geral, as ficções pós-apocalípticas distópicas são bem populares atualmente. Os livros são frios, sombrios, dolorosos e tristes. Não são comédias. Este gênero tende a lançar um aviso de que, se não acordarmos e pararmos de matar uns aos outros, se as coisas não mudarem — e logo —, poderemos ter que enfrentar os mesmos pesadelos que os personagens dos livros.

CAPAS AMERICANAS DOS LIVROS DA SÉRIE

Os avisos de Suzanne Collins nos são ditos na lata como se fossem ampliados através de lentes de aumento. Ela nos apresenta uma heroína, Katniss Everdeen, muito parecida com o que várias jovens esperam ser: corajosa, amável, atenciosa, inteligente, perspicaz, destemida e muito engenhosa. Mas vive em um mundo onde toda a esperança foi perdida, onde o povo come sopa de agulha de pinheiro e ensopado de vísceras para sobreviver, onde pacificadores espancam e chicoteiam seus vizinhos e amigos apenas para caçar e dividir um pouco da tão necessitada comida, onde crianças são escolhidas a cada ano em uma loteria para massacrarem umas às outras nos Jogos Vorazes, uma arena gladiatória que mistura os antigos jogos romanos com um *reality show* da TV. A verdade é que esse é um mundo no qual a frase "a sobrevivência do mais apto" tem um significado imediato e letal.

Os livros são sucessos de vendas internacionais, e Suzanne Collins tem sido enaltecida por todos, de Stephen King ao *The New York Times*, *Book Review* e a revista *Time*. Até o momento em que este livro foi escrito, mais de oito milhões de cópias dos três livros tinham sido impressas. O primeiro deles, *Jogos Vorazes*, está na lista dos mais vendidos do *The New York Times* há 130 semanas. Suzanne Collins é uma das personalidades de entretenimento dos anos de 2010 e 2011, de acordo com a revista *Entertainment Weekly*. Os livros estão em primeiro lugar nas listas de mais vendidos do *USA Today*, do *Publishers Weekly* e também receberam vários prêmios de muito prestígio.

Quando começar a ler este livro (o que está em suas mãos agora), provavelmente já estará esperando ansiosamente pelo primeiro filme da série *Jogos Vorazes* ou já o assistiu. Você pode ler este livro muitas vezes, especialmente depois de março de 2012, quando o filme for lançado nos cinemas, produzido pela Lionsgate, com Jennifer Lawrence no papel de Katniss Everdeen, Josh Hutcherson como Peeta Mellark, e Liam Hemsworth como Gale Hawthorne.

Este livro, o *Almanaque dos Jogos Vorazes*, é um guia não autorizado para a ótima trilogia de Suzanne Collins. Ele examina todos os assuntos que acho fascinantes em relação aos livros e levanta temas que até hoje ainda não foram abordados na internet nem em nenhum outro livro.

Imagino que os leitores deste livro já devoraram a série *Jogos Vorazes*, alguns provavelmente já devem ter lido várias vezes. Suponho que conheçam os temas principais, que saibam sobre Katniss, Peeta e Gale, sobre Buttercup, Prim e Rue e assim por diante.

Meu objetivo é gerar uma discussão a respeito da trilogia *Jogos Vorazes*: sobre os personagens, os cenários, as tramas e também assuntos que vão da guerra a regimes repressores, passando pela fome e a própria natureza do mal. Cada tópico é comparado e entrelaçado com os personagens e os livros da série.

Por exemplo, o capítulo dois faz um paralelo entre a Capital de Panem e os regimes repressores do nosso mundo real. Além de exemplos detalhados, lanço a pergunta: será que o mundo apresentado em *Jogos Vorazes* poderia mesmo acontecer? Será que estamos diante do Grande Irmão (Big Brother), do fim da privacidade, da desumanização e de um controle exagerado do governo sobre nossas vidas? Será que os ricos se tornaram ricos demais enquanto a maioria de nós é pobre demais? Você ficará surpreso com as respostas.

Outro exemplo: o capítulo quatro traça paralelos diretos e profundos entre os gladiadores reais da Roma antiga e os tributos de Panem. Enquanto a Capital é indiscutivelmente má por enviar 24 crianças para a arena todos os anos, a Roma antiga era muito pior: eles matavam milhares de homens, mulheres, crianças e animais de uma vez usando técnicas de tortura que vão muito além dos horrores da trilogia dos *Jogos Vorazes*. Suas orgias e seus banquetes eram parecidos com as da Capital: eles comiam, riam, bebiam vinho e usavam cabelos e roupas espalhafatosos enquanto assistiam a bestas selvagens arrancar genitais de homens e mulheres nus. E

tinham seus próprios Finnicks como brinquedos sexuais descartáveis.

E a fome? Por acaso a falta de comida em todos os distritos de Panem é muito diferente do que ocorre em nosso mundo? É possível viver com quantidades escassas de grãos e óleo? No capítulo três, você vai aprender quanto tempo uma pessoa comum pode sobreviver com quantidades tão mínimas de alimentos e os efeitos que essa má nutrição e a fome causam nas crianças. Se a Capital precisa que os distritos forneçam tecidos, comida, carvão e outras matérias-primas, não deveria alimentar seus escravos pelo menos o suficiente para que eles possam trabalhar?

Com relação aos *reality shows* da TV, aos especialistas em relações públicas, aos *paparazzi*, aos fashionistas e estilistas e ao ocultamento da verdade, o capítulo nove mostra a você como os Jogos Vorazes são um espelho do que acontece nos tempos modernos.

Neste livro você vai aprender a respeito das mutações e como elas podem ser criadas; dos tordos e como esses podem imitar melodias e sons; do veneno das vespas teleguiadas e como ele poderia funcionar; e de muitos outros assuntos.

Para dar início às discussões dos fãs de *Jogos Vorazes*, este guia oferece opiniões sobre questões relativas aos personagens, seus relacionamentos e suas tramas. Por exemplo, pensei muito a respeito do fato de Katniss votar "sim" em um dos Jogos Vorazes com crianças da Capital ao final do livro *A esperança*. Neste livro você encontrará as minhas conclusões e as razões que me levaram a elas.

Outro exemplo é a discussão que teremos a respeito de Katniss se tornar suicida e viciada em morfináceos. Isso é coerente com sua personalidade nos dois primeiros livros? E, se sim, por quê?

Antes que mergulhe no resto do livro, faça uma pausa e me espere por mais um momento. Vamos começar nossa discussão dos *Jogos Vorazes* dando uma olhada no apocalipse que presumimos ter ocorrido antes do primeiro capítulo.

Como poderia ter acontecido o apocalipse do mundo dos Jogos Vorazes? Onde estão as pessoas de todos os outros países? Além disso, quão no futuro esse mundo pode estar localizado?

Suzanne Collins dá as seguintes pistas: o nível dos mares subiu drasticamente e engoliu grande parte da Terra, obrigando as pessoas a guerrear pelo pouco sustento que sobrou (no começo de *Jogos Vorazes*). O Distrito 13 foi destruído por bombas tóxicas (no começo de *Jogos Vorazes*). Temendo a guerra ou a destruição completa da atmosfera terrestre, os governantes planejaram fugir para sua cidade subterrânea (e agora o Distrito 13) (no começo de *A esperança*).

Eu acho que a autora está sugerindo que houve um desastre ambiental causado pelo apocalipse. Uma possibilidade é o derretimento das calotas polares. Vários cientistas acreditam que a destruição da atmosfera terrestre e o aumento do dióxido de carbono e de outros poluentes podem causar esse fenômeno e uma grande inundação mundial.

Se houvesse uma inundação nesse nível, as pessoas em áreas montanhosas mais altas poderiam sobreviver. Haveria bolsões de sobreviventes no Himalaia, nos Alpes, nos Andes e em outros lugares assim. E também as que estiverem em áreas baixas, mas que ficam bem no interior, como várias partes da América do Norte que resistiram às inundações.

A série não nos mostra nenhuma possibilidade de uso da internet nem satélites circundando o globo terrestre. Por causa de uma guerra mundial, imagino que os satélites não pudessem mais ser consertados. E acho que os sobreviventes de outros continentes não conseguem se comunicar com Panem porque as inundações destruíram as estruturas que tornavam isso possível, acredito que existam rádios de ondas curtas, mas não muito mais do que isso. Se nos lembrarmos de que os soviéticos embaralhavam as transmissões de rádio de ondas curtas dos Estados Unidos durante a Guerra Fria (para que seus cidadãos não se comunicassem com o resto

do mundo), então é fácil imaginar que Panem tenha feito a mesma coisa. E é possível que os sobreviventes de outros países não tenham vindo ajudar os cidadãos de Panem simplesmente porque têm seus próprios problemas por causa do apocalipse ambiental.

Quanto tempo demoraria para as calotas polares derreterem e inundarem a Terra o suficiente para causar um apocalipse dessa magnitude? Quem sabe quinhentos anos a partir de agora? Ou quem sabe cem?

Os cientistas não têm uma resposta definitiva em relação ao aquecimento global e ao derretimento das calotas polares. De acordo com a revista *Time* e a emissora CNN: "Segundo estimativas, a camada de gelo da Groenlândia seria suficiente para elevar o nível do mar no mundo em sete metros, engolindo uma boa parte da costa da Flórida e a maior parte de Bangladesh. A Antártica tem gelo suficiente para elevar o nível em sessenta e cinco metros". Spencer Weart, ex-diretor do Centro de História e Física do Instituto Americano de Física, explica:

> Especialistas em derretimento de geleiras estão trabalhando em modelos cada vez mais elaborados de camadas de gelo... Os modelos falharam em responder a perguntas do quão rapidamente uma grande camada de gelo pode se juntar ao oceano. Mas esses modelos melhorados conseguiram mostrar que não há um jeito plausível de uma enorme massa de gelo antártico se derreter inteira durante o século XXI. E ainda de acordo com os modelos, se a Camada de Gelo Oeste da Antártida começasse mesmo a diminuir, ela soltaria seu peso devagar ao longo de vários séculos, não despejando um enorme fardo na humanidade.

Então vamos supor que levem algumas centenas de anos para que o nível dos oceanos suba uns setenta e três metros (somando a Groenlândia e a Antártida). Se essas hipóteses forem corretas, o mundo de Jogos Vorazes poderia acontecer, de fato, daqui há algumas centenas de anos no futuro, a partir de agora.

Mas tenha em mente, é claro, que outros cientistas têm hipóteses diferentes a respeito da possibilidade de o aquecimento global causar ou não uma catástrofe dessas, de quanto os oceanos subirão, de quanto tempo levará e quais serão as consequências. Há debates no mundo inteiro a respeito desses assuntos.

Então, hipoteticamente, em algumas centenas de anos poderíamos ter uma sociedade com tecnologia avançada que possuísse campo de força, trens de alta velocidade e soubesse criar mutações, mas com o mundo basicamente inundado.

A guerra após o apocalipse pode ter dizimado as cidades e subúrbios, pois não vemos nenhuma evidência de grandes prédios, *shoppings*, postos de gasolina ou outras construções nos livros da série, a não ser a praça da cidade, a casa do prefeito e a Vila dos Vitoriosos. Também não vemos os destroços de prédios. É possível que as linhas dos trens se desviassem desses destroços para que os tributos não vissem cidades onde seus povos pudessem se esconder e depois se rebelar. Mas isso, mais uma vez, é pura especulação da minha parte.

ATENÇÃO: SE VOCÊ AINDA NÃO LEU O FIM DA SÉRIE, PULE ESTE *BOX* E VÁ PARA O CAPÍTULO 2.

Tendo abordado a questão sobre o que pode ter causado o apocalipse que precedeu *Jogos Vorazes* (e apenas Suzanne Collins, seu agente e seus editores sabem com certeza o que ela pensa sobre isso), eu gostaria de encerrar este capítulo introdutório com algumas especulações sobre o fim da série: o que acontece depois de um bom tempo do fim da guerra mostrada em *A esperança*? Mais especificamente, por que Katniss se casa com Peeta e eles têm filhos? Esse final surpreendeu muitos leitores, eu mesma, por isso pensei muito no assunto.

Na primeira vez que vemos Katniss, ela é uma garota de bom coração e de uma enorme força de vontade que precisa sustentar a família: sua mãe, sua irmãzinha Prim e até mesmo (depois de um quase assassinato do gato) Buttercup. Gostei de Katniss desde a primeira página e quando seu melhor amigo Gale é apresentado também gostei dele. Do mesmo jeito que ela, Gale também sustenta a família, e os dois juntam forças para colocar comida em casa.

Após ser escolhida para seu primeiro Jogos Vorazes, Katniss precisa fingir que tem um romance com outro garoto, Peeta, e essa encenação continua no livro *Em chamas*. Peeta é basicamente um santo romântico e altruísta até os ossos. Exceto após sofrer uma lavagem cerebral, ele é completamente devotado a Katniss e ao bem-estar dela.

Katniss e Gale continuam sendo bons amigos, mas tudo muda depois que ela conhece a dura realidade dos Jogos. Ela fica presa entre os dois garotos, Peeta, o superdoce e fiel padeiro, e Gale, o supermacho e amigo de infância.

No entanto, em *A esperança*, Prim é morta por bombas, e antes disso ficamos sabendo que Gale ajudou a criar alguns desses explosivos. Consequentemente, parece que a autora criou o cenário em que Katniss jamais poderia escolher Gale como seu marido amado. A opção foi feita pela escritora. É Peeta ou ninguém.

Considero Katniss uma personagem tridimensional (ou seja, real) ao longo da trilogia. Com o tempo, ela se desenvolve de uma jovem razoavelmente inocente e doce para uma guerreira que tenta salvar a si mesma e a Peeta, e depois para alguém que tenta defender todo mundo em todos os distritos. Ela é forçada a se tornar uma assassina de crianças, o que acaba alterando sua personalidade permanentemente, como provavelmente aconteceria com qualquer um que participasse dos Jogos no mundo real. Ela endurece o suficiente para assumir o papel de Tordo e salvar o povo de Panem. Ela faz o que tem que fazer. Mas tudo isso cobra um preço alto dela, da mesma forma que as guerras cobram um preço alto de muitos soldados. Um adolescente enfrentando o que Katniss passou poderia muito bem sofrer de depressão, alimentar pensamentos suicidas e desenvolver vício em drogas. No fim, quando Katniss percebe que a presidente Coin não é melhor que o presidente Snow, ela não tem alternativa a não ser matar Coin. A vida dela não foi um conto de fadas.

Será que o fato de Katniss se casar com Peeta e ter filhos, a única coisa que ela jurou não fazer, pode ser um jeito de Suzanne Collins dizer aos leitores que sempre há uma luz no fim do túnel, mesmo no mais escuro e sombrio deles? Esse é possivelmente o único ponto de luz no mundo extremamente frio e desolado que a autora pinta para os leitores.

A questão é que a série *Jogos Vorazes* é poderosa e brilhante. Desde o começo, a linguagem é saborosa: "O rosto de Prim é fresco como uma gota de chuva, tão encantador quanto uma prímula (*primrose*), a flor em homenagem a qual minha irmã foi batizada" (logo no começo de *Jogos Vorazes*). A ação é rápida e o ritmo é mais acelerado ainda. Ler o primeiro livro é como ser lançado para baixo em uma catarata a toda velocidade. Katniss é retratada com clareza e precisão, e provavelmente mostrada com um pouco mais de distância em *A esperança* do que nos dois primeiros livros, mas, como mencionado anteriormente, é uma personagem muito verossímil e simpática. O tom mais cômico dos fashionistas e estilistas dá ao leitor certo alívio em relação aos horrores, mas, no geral, os livros mantêm uma visão sombria do rosto feio da humanidade. Os *sprays*, cremes, tinturas e cirurgias plásticas não conseguem apagar a feiura. A justaposição

dos excessos da Capital com a pobreza e a fome das massas é mostrada brilhantemente de tempos em tempos através dos olhos de Katniss.

Resumindo, estes são os melhores livros que li em muito tempo. Eles me fizeram pensar na condição humana, e isso é a marca de uma boa literatura.

Se você está lendo esse livro, então imagino que sinta o mesmo que eu.

Previsões do fim do mundo

2800 a.C., Assíria

Este deve ser um dos exemplos mais antigos de profetas prevendo o fim do mundo por causa da decadência moral. Uma tábua de argila de aproximadamente 2800 antes de Cristo continha a profecia do fim do mundo que dizia: "Nossa terra está se degenerando nesses últimos dias. Há sinais de que o mundo esteja acelerando em direção a um fim. Subornos e corrupção são comuns".

2. REGIMES REPRESSORES E REBELIÕES

Os Jogos Vorazes poderiam mesmo acontecer?

Quando pensamos na trilogia *Jogos Vorazes*, algumas questões centrais logo vêm à cabeça. O leitor não consegue evitar de imaginar se a nossa sociedade está se encaminhando para os mesmos problemas descritos na série. Talvez essa seja a razão principal de *Jogos Vorazes* afetar tanto os leitores. Nós nos identificamos com os personagens principais e podemos vislumbrar, com um grande horror, um futuro que talvez não seja tão diferente da realidade de Katniss. Já estamos no caminho que leva aos aspectos da sociedade citados a seguir e que encontramos nos livros:

Big Brother (O Grande Irmão)

- Controle governamental dos cidadãos e perseguição ao povo
- Falta de privacidade e desgaste das liberdades civis
- Penalidades por invocar a liberdade de expressão
- Usar pessoas para espionar umas às outras
- Desumanização
- E, finalmente, rebelião

Mais adiante, mostraremos que existe uma enorme disparidade entre o povo da Capital, que tem muito o que comer, concentra-se demais em sua aparência e gasta dinheiro com cirurgias plásticas, e todo o resto, que sofre com a fome, a perseguição, a pobreza e a falta até mesmo de necessidades básicas. Os que "têm" contra os que "não têm". Vemos isso claramente no mundo de *Jogos Vorazes*, assim como observamos claramente em nossa sociedade.

No mundo real, nos Estados Unidos, o 1% dos mais ricos detém 43% de toda riqueza, e 19% têm outros 50% das riquezas, portanto é estimado que *20% de todas as famílias dos EUA controlem 93% de toda a riqueza do país.*

O que sobra para todo o resto, para os outros 80% de cidadãos dos Estados Unidos? Infelizmente 80% de pessoas possuem apenas 7% da riqueza da nação. E pior que isso, como afirma o professor G. William Domhoff da Universidade da Califórnia, em Santa Cruz: "Os 40% mais pobres da população detêm apenas 0,3% da riqueza dos Estados Unidos". São disparidades enormes de distribuição de renda entre os ricos e todos os outros. E não é diferente em outras partes do mundo.

Um homem de negócios declara sem rodeios: "Os ricos estão ficando mais ricos, e os pobres cada vez mais pobres. É um clichê, claro, mas também é mais verdadeiro do que em qualquer época posterior à Era Dourada. Se você está no 1% mais rico, a sua vida está ganha". As estatísticas mostram que as disparidades estão voltando a se parecer com o que

eram antes da Grande Depressão. Por exemplo, em 1928, "os 100 mais ricos que estavam no 1% das famílias mais ricas dos EUA ganhavam em média 892 vezes mais do que as famílias dos 90% menos ricos", e em 2006, "os 0,01% mais ricos ganhavam 976 vezes mais do que os 90% menos ricos dos EUA".

Pessoas perderam suas casas em um ritmo chocante, e alguns estudos indicam que a "crise do setor imobiliário norte-americano pode atingir o auge em 2012, quando o número de proprietários com hipotecas executadas chegará a aproximadamente 20%". As pessoas estão desempregadas e sem esperança de conseguir outros empregos. Algumas estatísticas do governo norte-americano indicam que o desemprego nos Estados Unidos em janeiro de 2011 estava entre 9 e 9,5%. Porém, esses índices não levam em conta aqueles que simplesmente desistiram de encontrar um emprego, o que aumentaria bastante esse número.

Branko Milanovic, o economista-chefe da divisão de pesquisa do Banco Mundial em Washington, D.C., dcu uma entrevista recentemente para a revista *U.S. News & World Report* afirmando que a riqueza mundial nunca esteve tão mal distribuída quanto atualmente e que as maiores disparidades estão na América Latina e na África.

E, como todos sabemos, riqueza leva ao poder. Por exemplo, antes da eleição presidencial de 2008 nos Estados Unidos, a CNN notou que os candidatos à Casa Branca podiam ter posições diferentes sobre vários assuntos, mas todos possuíam algo em comum: eram milionários.

"Temos uma elite entrincheirada que basicamente mantém suas posições elevadas em detrimento de todos os outros", Milanovic afirmou.

Será que o nosso mundo real é tão diferente assim do que vemos em *Jogos Vorazes*? Os ricos detêm todos os recursos. Os ricos possuem os cargos mais poderosos. Eles controlam todos os outros. São esses fatores, como veremos em breve, que levam à repressão e, em muitos dos casos, às revoluções e rebeliões. Talvez o futuro refletido na série *Jogos Vorazes* postule o colapso da nossa civilização com o aumento das desigualdades e a diminuição das liberdades civis e dos direitos humanos por parte dos governos. Não seria algo tão improvável assim.

O 1984 e o Big Brother de George Orwell

O termo "Big Brother", ou "O Grande Irmão", é bem conhecido no mundo. Ele simboliza o poder do governo e o colapso das liberdades e dos direitos civis, personificando a vigilância do governo sobre o povo.

No livro *1984*, de George Orwell, lançado em 1949, o Big Brother é a figura principal do Partido; talvez seja uma pessoa real, talvez seja apenas um símbolo. Ele aparece como ditador da Oceania em cartazes gigantes e pôsteres para fazer propaganda do governo. Em *Jogos Vorazes* o presidente Snow, Caesar Flickerman e os jogos são enfiados goela abaixo dos cidadãos através das televisões instaladas em cada distrito. A propaganda governamental é constante.

O governo da Oceania controla e oprime o povo, espiona a todos, desumaniza as pessoas e penaliza aqueles que invocam a liberdade de expressão. Isso também acontece em *Jogos Vorazes*. Sendo um clássico da literatura distópica, *1984* mostra um futuro posterior a uma guerra global em que três superestados dividem as terras do mundo e controlam tudo dentro de suas províncias. O indivíduo tem que fazer o que o governo quer, e o governo controla a tudo e a todos. O proletariado constitui 85% da população, do mesmo jeito que no mundo real e no dos *Jogos Vorazes*, e essa vasta maioria não tem poder nem

riqueza e serve aos caprichos dos ricos. As crianças são usadas como espiões, até mesmo contra os próprios pais. Nos dois casos, as crianças são peões do império do mal, que os força a fazer o que o governo quer e a destruir qualquer tentativa de pensamento livre ou discurso que os pais possam ter. A Capital controla, tortura e executa as crianças como quer e com isso consegue controlar com mão de ferro os adultos. O Partido de *1984* basicamente mantém as pessoas na pobreza e desesperadas por necessidades básicas como comida e abrigo, assim como a Capital em *Jogos Vorazes*. Pobreza, fome e miséria são as ferramentas que os governos dos dois livros usam para controlar as pessoas.

Winston Smith, o personagem narrador de *1984*, tem a "sorte" de pertencer a certa classe média do Partido, o que permite que tenha certos "luxos" como pão preto e gim. Ele mora em um apartamento pequeno e é forçado a assistir ao Grande Irmão na televisão. Se for pego "pensando" em atos rebeldes, poderá ser executado.

Ele acaba se rebelando contra o Partido, é preso e sujeitado a espancamentos, choques e tortura psicológica. O Partido também prende e tortura sua amante ilegal, Julia. A Capital usa técnicas similares (veja no capítulo seis).

Em *1984*, o governo controla os relacionamentos amorosos, e aquele entre Julia e Winston não era permitido. Em *Jogos Vorazes*, o governo, representado pelo presidente Snow, tenta controlar o romance de Katniss e Peeta, chegando até a escolher o vestido de noiva. E o casal sabe, durante os três livros, que seu romance pode ser sua única chance de sobrevivência.

CAPA DE 1984 COM ARTE DE SHEPARD FAIREY EM COMEMORAÇÃO AOS 60 ANOS DA OBRA.

Provavelmente a diferença mais fascinante entre *1984* e *Jogos Vorazes* está nas conversas entre Winston Smith e Julia. Lembre-se de que Katniss e Peeta são paranoicos em relação à lealdade entre si durante suas batalhas até a morte, ela se sacrifica para salvar a vida de Peeta várias vezes e ele está disposto a tudo para que Katniss viva. Já em *1984*, Winston e Julia se traem. Ela diz que, com tudo o que o governo faz, no fim "você só pode se preocupar consigo mesmo". Infelizmente Winston concorda, e os dois chegam à conclusão de que, após uma traição em que você está disposto a sacrificar alguém para salvar a própria pele, não é possível sentir a mesma coisa por outra pessoa.

No entanto, talvez a maior diferença seja que em *1984* a polícia garante que as pessoas nem *pensem* em coisas subversivas. O governo controla os pensamentos. Infelizmente, como mostramos no capítulo nove, muito do que as pessoas pensam é controlado pela mídia de massa, por veículos de fofocas e conglomerados de notícias. Em muitos casos, sabemos mais sobre as roupas de Michelle Obama do que sobre a política do marido dela. Raramente lemos ou vemos notícias duras sobre a Guerra do Iraque do mesmo jeito que tínhamos acesso a esse tipo de informações durante a Guerra do Vietnã. Naquela época, não se passava um dia sem que víssemos soldados americanos feridos, lutando e morrendo, sem que lêssemos estatísticas terríveis sobre o número de mortes, a situação desesperadora da guerra e assim por diante. Hoje, temos que cavar para descobrir a verdade sobre vítimas de guerra, o número de feridos lutando e morrendo. Em vez de jornalismo concreto, estamos sujeitos a centenas de canais de televisão e milhares de *sites* na internet que alimentam nossa curiosidade sobre moda, fofoca e estilo. Em *1984*, o governo controla a visão que o povo tem da realidade a fim de dominar o povo. Ninguém em *1984* sabe realmente o que está acontecendo ao redor do mundo. O

uso da Grande Mentira é galopante nesse livro, de modo que as palavras da mídia podem possuir significados conflitantes.

Se o governo esconde a verdade por tempo suficiente e se as fontes de notícias a ocultam por muito tempo, então o que nos resta? Será que alguém vai saber por que a civilização entrou em colapso? Eles não recordam tais razões em *Jogos Vorazes,* e o povo não se lembra da história em *1984*. Inclusive, o trabalho de Winston Smith é rever o passado, como relatado por agências de notícias. Em nosso mundo real, uma vez que a mídia se torna mais flexível e menos apta a nos prover com fatos reais, o que acontecerá com nossa civilização? Termino esta parte com a seguinte frase:

> As regras primárias de Hitler eram: nunca deixe a população sossegar. Nunca admita uma falha ou erro. Nunca admita que pode haver algo de bom em seu inimigo. Nunca deixe espaço para alternativas. Nunca aceite a culpa. Concentre-se em um inimigo de cada vez e o culpe por tudo o que houver de errado. As pessoas acreditarão mais rapidamente em uma grande mentira do que em uma pequena. E se você repeti-la com muita frequência, mais cedo ou mais tarde as pessoas acreditarão nela.
>
> **– *Hitler Como Seus Parceiros O Conhecem*. Documento escrito por Walter C. Langer, do Escritório de Assuntos Estratégicos dos Estados Unidos.**

Em geral, a ficção distópica retrata um mundo sombrio em que basicamente não há esperança para nada. A distopia não é um lugar divertido para viver: as pessoas são oprimidas, desumanizadas e aterrorizadas. Normalmente o governo é altamente centralizado e totalitário. A trilogia *Jogos Vorazes* é um exemplo de ficção distópica que se encaixa em tudo isso.

Historicamente, os romances distópicos são um tipo de acusação contra tendências sociais assustadoras. Os autores tentam nos alertar de que o nosso futuro será terrível se essas tendências persistirem.

Talvez um dos primeiros romances distópicos tenha sido *Nós* lançado em 1921, por Yevgeny Zamyatin, que tratava de uma ordem social opressiva somada a uma força terrorista e à eliminação de qualquer individualidade.

Admirável mundo novo, de Aldous Huxley, difere um pouco de *Nós* e de *1984*, pois mostra os resultados opressivos da lavagem cerebral, da fé cega no governo e na tecnologia, e da redução consciente por parte do governo da liberdade intelectual e individuais dos cidadãos.

Fahrenheit 451, de Ray Bradbury, é outro clássico distópico, muito semelhante a *Admirável mundo novo* e ao qual Suzanne Collins faz referência em *A esperança* quando coloca Katniss no Esquadrão 451.

A principal diferença entre as três obras é que *Admirável mundo novo* nos mostra um Estado Mundial sem qualquer guerra, mas com muita estabilidade social reprimida. Em *1984* e *Fahrenheit 451* as coisas são bem diferentes: todo mundo tem medo de ataques inimigos e de guerra, além de tortura e privação serem comuns. No mundo de *Jogos Vorazes*, enquanto as pessoas não se preocupam com os ataques do inimigo e a guerra, acabam se atentando constantemente com torturas, fome e o medo de serem selecionadas para participar dos Jogos.

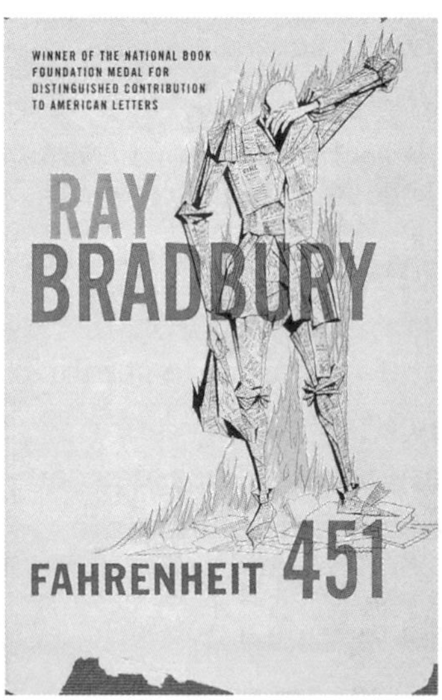

CAPA DE FAHRENHEIT 451

A ideia central em *Fahrenheit 451* é que as pessoas já não se lembram da história porque o governo a apagou através da tecnologia. As pessoas assistem a televisão em vez de conversar e se divertir com amigos. Elas acreditam em tudo o que o governo joga na televisão e já não têm ideia do que é real e o que não é.

No mundo dos *Jogos Vorazes,* as pessoas não recordam mais o que causou o apocalipse, e sim (graças a toda a propaganda do governo na televisão) por que estão sendo oprimidos. Eles sabem muito pouco sobre os Dias Sombrios; no entanto, quando são submetidos a táticas de tortura do governo, não conseguem distinguir o que é real. Peeta, claro, é o principal exemplo desse problema.

Tanto em *Fahrenheit 451* quanto na trilogia *Jogos Vorazes*, o fluxo livre de informação é totalmente censurado, portanto as pessoas não sabem o que está acontecendo. No mundo de Katniss, ninguém sabe realmente o que acontece nos outros distritos, na verdade eles nem sequer sabem que o Distrito 13 ainda existe. Quando Rue conta a Katniss sobre as duras condições de vida e punições no Distrito 11, Katniss pensa sobre quão pouco ela sabe sobre pessoas de fora do Distrito 12 e que "mesmo que a informação pareça inofensiva, eles não querem que as pessoas em diferentes Distritos saibam coisas uns dos outros" (*Jogos Vorazes,* por volta da página 200).

É interessante notar que, tanto na trilogia dos *Jogos Vorazes* quanto em *Admirável mundo novo*, a religião não existe mais. Quando seus filhos são selecionados para os Jogos, os pais não caem de joelhos e lamentam a Deus. Quando Katniss está em seus momentos mais sombrios, deprimidos e com tendências suicidas, em que é forçada a matar outras crianças e imagina se Peeta vai sobreviver ao ferimento na perna e a

CAPA DE ADMIRÁVEL MUNDO NOVO

consequente infecção, ela imagina se sua irmã vai sobreviver e sobre outras preocupações em vez de orar a Deus. É como se toda a religião tivesse desaparecido de Panem. Em *Admirável mundo novo*, a religião é um tabu e as pessoas não podem fazer muito mais do que produzir coisas e comprá-las. E mais, a meta do governo, além de comandar a todos com mão de ferro, é manter todos calmos e controlados, "felizes" como se estivessem tomando tranquilizantes. Os líderes de Panem claramente não estão interessados na felicidade dos seus cidadãos, mesmo que essa seja falsa.

Muitas vezes, em vez de ser usado o termo "distopia" para descrever *Admirável mundo novo*, o livro é considerado uma ficção utópica. As pessoas sofrem tamanha lavagem cerebral e são tão controladas que nem sabem que estão sendo oprimidas. Claro, eles não têm nenhuma religião, arte ou ciência, mas por acaso sabem o que estão perdendo? Não.

Além de não terem religião, o povo oprimido dos Distritos não desfruta de música, arte, poesia, dança ou esportes organizados, muito menos esforços intelectuais que envolvem ciência, história etc. Eles são sufocados completamente. As habilidades artísticas de Peeta surgem de suas experiências como padeiro... Somente depois de vencer os Jogos, Katniss é incentivada a desenhar roupas. Apesar de Rue amar a música, especialmente o canto de aves, ela não toca nenhum instrumento musical, não tem contato com sinfonias, coros ou óperas. Pelo que vemos, em termos de música, existem apenas algumas melodias simples e músicas do campo. A cultura é totalmente apagada, mas a beleza dessas melodias simples perdura e oferece pequenos vislumbres de esperança e de uma vida diferente.

Beetee, o inventor, cria um *chip* musical minúsculo que contém horas de músicas, mas claramente o povo do Distrito 12 nunca vai passear ouvindo-as, então provavelmente o *chip* se destina aos cidadãos da Capital. Estes poucos sortudos têm acesso à música, *design*, moda e arte. Eles vivem para o entretenimento. Mas as massas oprimidas não possuem nada.

Um pouco de história das guerras dos séculos XX e XXI

Um dia na vida de Ivan Denisovich, escrito por Alexander Soljenítsin, é mais um conto clássico de ficção distópica, mas nesse caso as inspirações foram as experiências reais do autor e sua exposição ao regime de Stalin. Não era um cenário pós-apocalíptico futurista, e sim a vida real. Se compararmos os elementos básicos de *Jogos Vorazes* e *Um dia na vida de Ivan Denisovich*, o mundo do primeiro se torna ainda mais assustador, pois começamos a perceber que isso pode acontecer algum dia se não formos cuidadosos ao incentivar e manter as liberdades civis, a liberdade humana e a cultura. O livro é um retrato ficcional de uma era em que os cidadãos eram controlados e oprimidos pelo governo, as liberdades civis e a privacidade eram ignoradas, punições e tortura extrema eram aplicadas naqueles que se atreviam a expressar opiniões, e as pessoas eram desumanizadas. Vamos traçar alguns paralelos entre *Um dia na vida de Ivan Denisovich* e *Jogos Vorazes*, tendo em mente que Ivan reflete um período bem real na história soviética, e depois vamos examinar bem essa época a fim de comparar com *Jogos Vorazes*.

Alexander Soljenítsin nasceu em 1918 e lutou no Exército Vermelho contra os nazistas, que tinham invadido a Rússia. Na Batalha de Leningrado, ele serviu como capitão, mas, quando em 1945 (aos 27 anos de idade) criticou Stalin em cartas a um amigo, os soviéticos o prenderam e o condenaram a oito anos de trabalhos forçados e exílio em um campo de trabalho correcional. Recusando-se a cooperar com a polícia secreta, acabou em um campo de trabalhos forçados na Sibéria, onde decidiu escrever um romance sobre suas experiências.

Em 1929, mais de um milhão de cidadãos foram presos nesses campos de trabalho forçado chamados de Gulags. Em 1940, mais de 13 milhões de pessoas estavam nos Gulags. Os crimes que levavam à punição eram definidos vagamente no artigo 58 das leis soviéticas e incluíam espionagem não comprovada, suspeita de espionagem e simplesmente conversar com outra pessoa suspeita de espionagem, deixar as ervas daninhas crescerem, não ter uma safra grande o suficiente, deixar as máquinas quebrarem, deixar notar a intenção de realizar um ato terrorista e o crime mais comum: criar, distribuir ou escrever em uma carta ou um diário pessoal qualquer coisa relacionada à propaganda ou agitação contra o governo soviético.

Em *Jogos Vorazes*, podemos pensar nos distritos como campos de prisioneiros. O Distrito 11 certamente funciona como um, com cercas de arame farpado de dez metros de altura, torres de vigilância e guardas armados. Com a agitação civil crescendo e mais Pacificadores chegando ao Distrito 12, a vida se tornou mais difícil por lá, pois esses novos policiais não hesitariam em punir e chicotear publicamente um suspeito de pensamentos subversivos. A atitude do governo fica clara na declaração do presidente Snow no livro *Em chamas*: "E se uma garota do Distrito 12, logo esse, pode desafiar a Capital e escapar incólume, o que os impedirá de fazer o mesmo?" (*Em chamas*, página 28). Do mesmo jeito que os líderes da época de Stalin e do campo de concentração de Ivan, Snow acredita que deixar Katniss sem punição pode ocasionar um levante e possivelmente uma revolução total.

O livro de Soljenítsin começa quando Ivan acorda em um Gulag na Sibéria se sentindo mal e tendo que enfrentar outro dia difícil. *Jogos Vorazes* começa com Katniss acordando para enfrentar o Dia da Colheita.

Vemos também que Ivan só conseguirá sobreviver se cuidar de si mesmo e não se preocupar com os outros prisioneiros. A violência é necessária para a autopreservação. E é exatamente o que acontece aos tributos para conseguir

sobreviver aos Jogos Vorazes. Katniss é muito parecida com Ivan, sendo uma pessoa gentil e boa, um ser humano decente, mas, quando é colocada para lutar contra outras pessoas pela sua vida nos Jogos, ela precisa mutilar e matar.

Ivan e todos os outros estão morrendo de fome na prisão. Os guardas pegam partes de sua já escassa porção de pão diária, porque sem os furtos de alimentos nem os guardas podem sobreviver. Lutar por comida é essencial para que ele sobreviva. No mundo de *Jogos Vorazes*, a comida é racionada cuidadosamente pelo governo, sendo que pessoas recebem basicamente menos do que o necessário para sobreviver. Apesar de ser ilegal, os Pacificadores, o prefeito e outros oficiais locais compram alegremente a caça de Katniss. Para obter mais grãos, as crianças colocam seus nomes na loteria da Colheita várias vezes. Greasy Sae prepara panelas de guisado feito de casca de árvore, camundongos e entranhas.

IMAGEM REFERENTE AO REGIME SOVIÉTICO, ÉPOCA DE STALIN

Perto do fim do livro de Soljenítsin, Ivan comenta que a única razão de o regime permanecer no poder é porque Stalin dividiu as pessoas e as colocou umas contra as outras. É como o governo controla todos. O mesmo acontece na trilogia *Jogos Vorazes*, em que a Capital divide todos em distritos que nunca têm permissão para se comunicar entre si.

Stalin, cujo nome de nascimento era Ióssif Vissariónovich Djugashvíli, nasceu em 1879 e ascendeu de classes mais baixas da sociedade russa pré-revolução. Seu pai era um sapateiro alcoólatra violento; sua mãe, uma lavadeira; ambos eram servos na Geórgia antes de sua terra natal ser conquistada pelo czar. Stalin estudou para ser padre, mas deixou a Igreja para se tornar um ativista revolucionário e acabou preso. O governo czarista exilou Stalin na Sibéria.

Após a derrubada do czar, Stalin tornou-se um líder de alto escalão do Partido Comunista. Ele coletivizou a agricultura através da União Soviética nas décadas de 1920 e 1930. Quando distúrbios eclodiram porque os camponeses *kulaks* influentes não estavam compartilhando seus animais de criação, o governo enviou um milhão de famílias *kulaks* para a Sibéria. Outros camponeses, aqueles que estavam reclamando sobre a coletivização, foram enviados para trabalhos forçados. Durante o início dos anos 1930, milhões de pessoas morreram de fome sob o governo de Stalin. Esse é um caso claro do mundo real em que o governo brutal de um ditador deixou seu próprio povo morrer de fome, e ele não é o único caso até agora.

Paranoico com a ideia de que os cidadãos pensassem em iniciar revoltas ou rebeliões, Stalin torturou as pessoas, prendeu, exilou, as fez passar fome e deportou milhões para os Gulags, onde muitas morreram. No geral, Stalin foi responsável pela morte de quatro a dez milhões de seu próprio povo, além de outros seis a oito milhões que morreram de fome. Esses são os números conservadores, pois alguns historiadores sugerem que ele foi responsável por mais de 20 milhões de mortes.

O presidente Snow tortura pessoas, aprisiona-as e as deixa sem comer. Ele deporta crianças para os Jogos, onde elas morrem. Embora não seja responsável por massacres de 10 ou 20 milhões de pessoas, ele é tão frio, impassível e cruel quanto Stalin, e seu regime é tão repressivo quanto o deste. A razão principal da crueldade de Snow é esmagar quaisquer revoltas ou rebeliões.

As pessoas se rebelam contra regimes repressivos desde os primórdios da civilização. A revolta de Espártaco contra Roma durante o tempo dos gladiadores (veja o capítulo quatro) é semelhante à revolta de Katniss, exceto é claro pelo fato de que Espártaco foi derrotado enquanto Katniss teve êxito.

Quando comecei a escrever este livro, rebeliões contra regimes repressivos estouraram no Oriente Médio. Uma das fagulhas mais importantes foi a revolta de Mohamed Bouazizi, que, em 17 de dezembro de 2010, botou fogo em si mesmo na Tunísia. Ele vivia em uma região agrícola, estava desempregado e tentava vender legumes com um carrinho de rua quando oficiais do governo lhe disseram que isso era contra a lei. Seu ato provocou manifestações de outros tunisianos contra o desemprego em massa sob o governo repressor, que enviou a polícia para atirar contra cidadãos. Como a propagação da rebelião e a violência policial continuou, quase oitenta cidadãos acabaram mortos. Em princípio, o presidente Zine El Abidine Ben Ali apoiou a brutalidade policial e os assassinatos, mas depois mudou sua posição. Ele prometeu criar empregos, reduzir os custos de alimentos e permitir a liberdade de expressão. Eventualmente, teve que fugir do país e, mesmo à revelia, foi condenado há mais de 70 anos de prisão. Ele governou a Tunísia por 23 anos.

Em fevereiro de 2011, centenas de milhares de egípcios se reuniram para protestar contra as políticas do governo do presidente Hosni Mubarak. Após 30 anos no poder, ele fugiu do Cairo para Sharm el-Sheikh, e milhões de pessoas lotaram as ruas do Cairo para comemorar. Como Ben Ali, Mubarak tentou se agarrar ao poder prometendo empregos, salários mais altos e liberdade de expressão, mas, depois de ser reprimido por tantas décadas, o povo não seria enganado de novo.

Também em fevereiro de 2011, a polícia enfrentou milhares de manifestantes no Bahrein, mais um exemplo recente de insurreição antigoverno no Oriente Médio. O líder do Bahrein, Hamad bin Isa Al Khalifa, é um muçulmano sunita cuja família tem governado o país desde o século XVIII. A maioria das pessoas no Bahrein, no entanto, não é de muçulmanos sunitas, mas de xiitas. O Sheik Hamad prometeu instituir reformas, mas dez mil manifestantes se reuniram nas ruas exigindo mais empregos e habitação, direitos civis e políticos e a remoção do primeiro-ministro Khalifa bin Salman Al Khalifa, que se mantinha no poder havia quarenta anos. Até o início de maio de 2011, as forças do governo haviam prendido 800 pessoas; torturado, prendido e matado civis e demitido mil cidadãos.

Também em fevereiro de 2011, centenas de milhares de pessoas em todo o Oriente Médio realizaram manifestações em nome dos líbios que tentavam derrubar o regime repressivo do coronel Muammar el-Kadafi. Na Líbia, as forças militares atiraram em multidões de civis desarmados, incluindo milhares de pessoas que deixavam as mesquitas depois de orar. Kadafi avisou o seu povo que a Líbia se tornaria um inferno se os protestos contra seu governo não cessassem. A partir de fevereiro de 2011, dezenas de milhares de cidadãos aderiram às manifestações, com soldados desertando de Kadafi para proteger as massas de ataque da polícia. No fim de março de 2011, as Nações Unidas votaram pela criação de zonas "de espaço aéreo fechado" na Líbia e para ajudar as massas oprimidas do país. No segundo semestre de 2011, os rebeldes conseguiram avançar aos poucos e acabaram derrotando Kadafi e suas forças após encontrar e matar o ditador.

Esses vários exemplos compartilham algumas semelhanças óbvias: o controle do governo sobre os cidadãos,

o cerco aos cidadãos; diminuição das liberdades civis, sanções para invocar a liberdade de expressão, e, em última análise, pelo menos nos casos citados, regimes repressivos enfrentando rebeliões.

Isto é exatamente o que acontece quando o povo de Panem se revolta contra seu governo e seus líderes. As pessoas aguentam ser abusadas até certo ponto. O problema, é claro, a presidente Coin acaba não sendo melhor do que o do presidente Snow. Ao eliminar Coin, o povo de Panem finalmente consegue alguma esperança verdadeira de libertação de líderes sedentos por poder opressivo. Muitas vezes acabamos trocando um mal por outro, e como diz o velho ditado: "Poder absoluto corrompe absolutamente".

No século XX o mundo viu revoluções na Rússia czarista; na Itália e na Alemanha entre a Primeira e a Segunda Guerra Mundial e também revoluções na China, em Cuba e no Vietnã, além de Irã e África do Sul, entre outros.

Não teríamos espaço neste livro para descrever todas essas revoluções. Para isso, o leitor tem de recorrer a textos de história. Em geral, existem alguns fatores-chave que levam a rebeliões definitivas, como na série *Jogos Vorazes*:

Primeiro, uma grande parcela da população é extremamente frustrada e descontente com o governo. O apoio de todas as pessoas pobres e de classes rurais é a chave para derrubar um regime repressivo. Todos, exceto os líderes e seus comparsas na Capital, são pobres e podem ser considerados camponeses: ninguém tem nada de verdade, ninguém tem nenhum poder.

Segundo, a maioria da população, não importando qual sua classe econômica e social, concorda que as condições são tão ruins que a única maneira de remediar as circunstâncias atuais é derrubar o governo. Não há dúvida de que isso acontece em *Jogos Vorazes*. Tão logo um distrito se rebela, como é o caso do 8, todos os outros começam a seguir o mesmo caminho. No meio de *Em chamas*, os Distritos 8, 3, 4, 7 e 11 já começaram a lutar contra a Capital. Padeiros (como

Peeta e sua família), engenheiros e inventores (como Beetee), que têm mais *status* e um estilo de vida melhor do que a maioria das pessoas, juntam-se à revolução.

Em terceiro lugar, a chamada elite vota pela rebelião. Isto é similar ao segundo critério: a maioria das pessoas se une e tenta derrubar o governo repressivo. Se os intelectuais apoiam a causa, melhor. No caso de *Jogos Vorazes*, é difícil apontar para uma classe intelectual porque todo mundo foi dominado de forma esmagadora. No entanto, existem algumas pessoas que poderiam ser consideradas intelectuais, provavelmente: prefeitos; pacificadores que não torturam os cidadãos; o Idealizador-chefe dos Jogos, Plutarch Heavensbee, que está em uma organização secreta que pretende derrubar o governo; inventores, como Beetee; porém ninguém (além de Coin e seus comparsas) no Distrito 13. Seneca Crane, idealizador-chefe dos Jogos antes de Plutarch, tinha uma "veia sentimental" e não matou Katniss durante o episódio da amora venenosa, portanto, de acordo com o presidente Snow, o governo teve que matá-lo (*Em chamas*).

Quarto, uma grave crise paralisa a capacidade do regime repressivo de usar a força contra o povo. Essas crises podem assumir a forma de colapso econômico, sem empregos, sem comida, muita guerra, líderes corruptos, uma elite que detém todo o dinheiro e poder. Nem preciso apontar os paralelos disso com a série *Jogos Vorazes* e as várias rebeliões que ocorreram em 2011 em todo o Oriente Médio, não é mesmo?

Finalmente, uma grande rebelião pode ser iminente se nenhum outro governo intervém para ajudar as pessoas. Ninguém de qualquer outro lugar no mundo ajuda as pessoas reprimidas de Panem. Na verdade, não sabemos se existe alguém fora de Panem, porque eles nunca são mencionados em nenhum dos três livros.

Como observado no capítulo 1, Suzanne Collins oferece algumas pistas sobre seu cenário apocalíptico. Ela nos diz que os líderes do governo temiam a guerra ou a destruição completa da atmosfera da Terra (no começo de *Em chamas*). Ela nos diz que o mar subiu e engoliu grande parte das terras da América do Norte para formar uma Panem muito menor, que houve "seca", "tempestades" e finalmente uma guerra brutal pela posse das fontes de alimento restantes (no começo de *Jogos Vorazes*). Como observado no capítulo 1, é possível que Collins estivesse se referindo ao derretimento das calotas polares devido à mudança climática. A pista disso está no aumento do nível dos mares ao ponto de o continente diminuir muito. A conclusão é de que Suzanne Collins não nos diz por que o apocalipse aconteceu nem indica o que houve com o resto do mundo.

James DeFronzo, professor emérito associado da Universidade de Connecticut, resume os cinco critérios necessários para uma rebelião como: o descontentamento das massas; dissidência da elite; motivo unificador; crise do Estado; e permissividade do mundo. Ele fornece evidências de que as revoluções globais que não tenham pelo menos um desses fatores tendem a falhar.

Nos Estados Unidos, atualmente, as pessoas estão cada vez mais descontentes devido a fatores observados anteriormente neste capítulo: falta de emprego, perda de seus bens etc. Os bancos entraram em colapso e a economia está afundando rapidamente. Republicanos atacando democratas e democratas atacando republicanos. Ninguém ganha. Os sem-teto ainda estão desabrigados, os famintos ainda estão morrendo de fome, os ignorantes ainda são ignorantes. O custo do ensino superior está nas alturas. Esse país está lutando em várias guerras e tendo com isso grandes despesas, enquanto o governo está cheio de dívidas e o tesouro americano perde dinheiro. Não parece haver nenhuma solução para os males da nação.

Ninguém sabe o que vai acontecer.

Nós testemunhamos a Lei Patriótica dos EUA, a proposta bizarra de Informação Total, detenções supersecretas e o incidente em Guantánamo. (E bom, sim, um tempo atrás, tivemos o escândalo Nixon e as fitas de Watergate; Joseph McCarthy; e ainda George W. Bush e o fiasco das armas de destruição em massa).

A Lei Patriótica dos EUA atacou direitos civis dos norte-americanos ao permitir que o FBI examinasse os registros das pessoas sem pedir uma ordem judicial. Sim, eles podem ver seus registros médicos, financeiros, o uso da internet, o histórico de viagens, empréstimos da biblioteca e qualquer outra coisa. Eles podem grampear seu telefone e ler seus *e-mails*.

O Sistema de Prevenção e Informação sobre o Terrorismo (TIPS) foi um programa que o presidente George W. Bush concebeu para incentivar as pessoas a espionar seus familiares, seus amigos e seus vizinhos. Isso lembra a era Stalin, não é? Ou a era McCarthy. Felizmente o Congresso rejeitou a ideia.

Vamos falar a verdade, temos pouca privacidade nos Estados Unidos. O projeto Informação Total (TIA) pode colocar todos os americanos sob o microscópio do governo. O objetivo é criar bases gigantes de dados contendo todas as informações sobre as pessoas. Ele seria gerenciado pelo Departamento de Defesa e pela Agência de Pesquisas Avançadas (DARPA). Entre as muitas características assustadoras, o projeto trabalhará secretamente rastreando aonde a pessoa vai e o que faz, e isso sem o conhecimento dela.

Jay Stanley e Barry Steinhardt da *Liberdades Civis Americanas* afirmam:

> A privacidade e a liberdade nos Estados Unidos estão em risco. Uma combinação de inovação tecnológica ultrarrápida e redução da proteção à privacidade ameaça transformar o tão citado Big Brother de ameaça remota em uma parte muito real da vida americana. Corremos o risco de nos transformar em uma Sociedade Vigiada.

Os autores apontam para a grande coleta de dados que já está acontecendo, bem como para a possibilidade de haver de *microchips* embutidos em nossa pele e algo que chamam de digital de ondas cerebrais. Câmeras de vigilância estão em toda parte, observando tudo o que fazemos. Como são diferentes das câmeras daquelas utilizadas em *A esperança*? Como diz Castor, o governo na Capital tem câmeras de vigilância em todas as ruas e, assim, sabe quando e onde atacar os rebeldes, porque podem ver tudo em todos os lugares (*A esperança*, por volta da página 280).

No mundo real, já há um *software* de reconhecimento facial sendo usado em aeroportos. O governo pode acompanhar tudo o que fazemos na internet. Eles podem ler nossos *e-mails*, ouvir nossos telefonemas. Bases de dados em órgãos federais contêm uma grande riqueza de informações sobre os cidadãos. O Departamento de Justiça usa o *ChoicePoint*, que é um compilador de dados, para coletar informações pessoais sobre os cidadãos.

Se os bancos quebrarem, se a economia afundar totalmente, se todas as pessoas permanecerem desempregadas, se as desigualdades persistirem ou crescerem, estaremos diante do critério número um para uma rebelião: o descontentamento em massa.

Se os políticos continuarem a discussão, partido contra partido sem uma trégua à vista, apenas brigas entre os ricos e poderosos, os intelectuais se rebelarão como fizeram durante a Guerra do Vietnã. Enfrentaremos o critério número dois: a dissidência da elite.

Se as duas primeiras acontecerem, então teremos um motivo unificador.

Infelizmente, o governo enfrenta crises por todos os lados: economia em frangalhos; educação ruim; falta de moradias; colapso dos setores bancário e automobilístico; fechamento de fábricas; e as guerras, guerras e mais guerras.

Quanto à permissividade do mundo, que país ajudaria os Estados Unidos se entrássemos em uma guerra civil?

E se isso acontecesse e surgisse um governo que reprimisse as massas para mantê-las na linha a fim de que não houvesse outra rebelião? Será que isso poderia acontecer de verdade neste país? Será?

Minha opinião é que isso não vai acontecer. Por mais errada que possa estar, mantenho a crença em que, de alguma forma, superaremos a bagunça em curso. Mantenho uma pequena esperança de que o nosso governo e os líderes empresariais vão colocar os interesses e o bem-estar do povo na frente de seus próprios bolsos. Em seu discurso inaugural, em 1961, o presidente John F. Kennedy disse: "Não pergunte o que seu país pode fazer por você, pergunte o que você pode fazer pelo seu país". Eu não acho que ele tinha noção de que nosso governo e os líderes empresariais iriam engordar suas contas bancárias, deixando o resto do país na beira da pobreza e da fome, pois se estivessem pensando sobre o que poderiam fazer para o país, eles considerariam seu futuro, ou seja, seus filhos.

Esperando pelo melhor, talvez eu esteja sendo muito ingênua. Mas, se não pensar assim, terei pesadelos constantes, assim como Katniss. Acho que jamais jogaremos crianças contra crianças em jogos de gladiadores. Mas me pergunto o que as pessoas pensavam antes que os romanos instituíssem os Jogos? Será que pessoas como eu e as mães, achavam que tais atrocidades nunca poderiam acontecer com seus filhos em suas sociedades civilizadas?

A série *Jogos Vorazes* nos faz pensar sobre questões como esta, e por essa razão, no meio de muitas outras, é um trabalho muito poderoso de ficção.

Previsões do fim do mundo

2000 - 1600 a.C., na Pérsia

Muitas pessoas têm prenunciado o fim do mundo, o apocalipse, desde a aurora dos tempos. Antigos profetas reuniam muitos seguidores ao avisar que todo mundo estava condenado, que o fim estava próximo e que o céu estava caindo. Em geral as previsões catastróficas se provaram falsas. Porém, se esperarmos muito tempo, talvez isso mude e elas se tornem realidade.

O antigo profeta Zaratustra, muitas vezes conhecido por seu apelido de Zoroastro, era aclamado no início dos tempos bíblicos. Isso foi na época em que Abrão, mais comumente conhecido como Abraão, vagava por Canaã e pelo norte do Egito com Sarah e Lot. De acordo com o texto hebraico do Antigo Testamento, Abraão viveu entre 1812 a.C. e 1637 a.C. e morreu com a idade de 175 anos. Vários estudiosos apontam diferentes momentos para seu nascimento e sua morte, mas na maioria das vezes concordam que Abraão viveu na primeira metade do segundo milênio a.C.

Zoroastro gerou uma religião, o zoroastrismo, e também deu nome a um famoso livro de Nietzsche, *Assim falou Zaratustra*. Ele era um nômade e profeta onde hoje é o Irã que, quando seu povo enfrentou a morte (e paus e facas) pelas mãos da tribo rival, implorou a um dos deuses mais poderosos, Aúra-Masda, para salvar seus parentes. Zoroastro acreditava que, com orações e cantos, Aúra-Masda iria salvar seu povo durante uma guerra de aniquilação total, um apocalipse, durante o qual o bem (seu povo) iria vencer o mal (seus rivais). O resultado pós-apocalipse seria um mundo perfeito, pacífico e harmonioso para seu povo.

3. FOME

A falta de alimentos nos distritos

Fome e a morte por inanição

A fome assola as pessoas do Distrito 12. Assim como quase todos os que não vivem na Capital de Panem. A fome é um tema constante nos três livros da série *Jogos Vorazes*.

Mas "fome", na verdade, não chega nem perto de definir o que acontece com Katniss Everdeen — e todos que ela conhece e ama no Distrito 12 — nem descreve a pequena Rue, que vem do distrito agrícola.

A palavra "inanição" ou, possivelmente, a frase "morrendo de fome" expõem muito melhor a verdade. Sabemos disso desde o início de *Jogos Vorazes* quando Gale traz um pão e, ao Katniss dizer que tem um queijo de cabra de Prim, comenta que agora eles terão um "banquete de verdade". Se um banquete consiste em pão e queijo, você não está recebendo muita comida em sua vida.

Em outro momento, Katniss nos diz que sua mãe "ficava lá sentada, muda e inalcançável, enquanto suas filhas viravam pele e ossos" (*Jogos Vorazes*, página 14). Essa referência também insinua veementemente que a fome é um componente central da vida na série. Na verdade, a fome e outros horrores são tão agudos para as pessoas no Distrito 12 que Katniss jura que nunca terá filhos.

Nesse mundo ficcional, a comida é racionada e, por isso, vira uma arma. As pessoas não têm acesso a alimentos, a não ser os poucos "sortudos" que conseguem matar os outros tributos nos Jogos. Para aqueles que controlam tudo, os que ficam na Capital, que criaram e promovem os Jogos para sua própria diversão e para dominar e controlar as massas, bem, para eles a fome não existe. As pessoas no poder têm mais do que precisam para se alimentar. Seus banquetes são orgias extravagantes de comida, uma referência aos tempos de Maria Antonieta. As pessoas comem tanto que vomitam simplesmente para poder continuar comendo.

Será que a rivalidade entre esse mundo de fome contra pessoas que comem demais é tão diferente assim da realidade? É claro que não temos Jogos Vorazes modernos em que as crianças se matam na televisão, mas vemos o contraste de gente morrendo de fome e gente comendo demais. Dentro de um país real, nos Estados Unidos, por exemplo, há pessoas ricas indo a banquetes, comendo em restaurantes chiques, alimentando-se de todos os tipos de comida, assim como uma epidemia de obesidade, de anorexia e, por consequência, de bulimia, e mesmo assim, também há um grande número de pessoas passando fome, sem casas, sofrendo, e isso inclui muitas crianças.

A fome no mundo real

O World Hunger Education Service (algo como Serviço Mundial de Educação contra a Fome) cita um dado da

Organização das Nações Unidas para Agricultura e Alimentação que diz que, em outubro de 2010, 925 milhões de pessoas no mundo estavam "com fome". Ásia e Pacífico têm 578 milhões de pessoas desnutridas e com fome; a parte subsaariana da África tem 239 milhões; a América Latina e o Caribe, 53 milhões; o Oriente Médio e o Norte da África, 37 milhões; e os "países desenvolvidos", 19 milhões. Esses números não identificam a fome, e sim a desnutrição e a fome extrema. A mesma fonte afirma que, utilizando a má formação no crescimento como critério, 70% das crianças passando "fome" estão na Ásia, e 26%, na África. Quando as mães não recebem alimento suficiente, seus bebês sofrem terrivelmente, não só enquanto são bebês e crianças pequenas, mas, se viverem até idades mais avançadas, estarão suscetíveis à doença mental e ao retardo, à cegueira e a muitos outros problemas.

Crianças com *kwashiorkor* (veja a seguir, neste capítulo) sofrem de mau funcionamento do fígado, baixa imunidade, anemia e, se não for tratada, eventualmente, de choque, coma e morte. Alguém poderia pensar que *kwashiorkor* seria comum em crianças pequenas no livro *Jogos Vorazes*, isto é, se eles vivessem o suficiente para terem isso.

Enquanto *kwashiorkor* atinge principalmente crianças com menos de 5 anos, uma doença causada pela fome similar a chamada marasmo (ver "A doença dos bebês", neste capítulo) afeta crianças com menos de 2 anos. Normalmente é resultado de insuficiência de leite materno ou leite de vaca diluído e/ou insalubre, o marasmo causa má formação durante o crescimento, magreza extrema, queda de cabelo e o tipo de desnutrição que pode levar à doença mental, retardo e outros problemas sérios. Lembre-se, durante a primeira infância, o cérebro cresce muito e se for atrofiado pela desnutrição os resultados geralmente são desastrosos. Assim, em *Jogos Vorazes*, um monte de crianças poderia ter a barriga inchada e corpos malformados por causa da fome, ser retardada e também morrer de desnutrição.

Kwashiorkor

Termo que foi usado pela primeira vez em Gana, em 1930, *kwashiorkor* pode ser traduzido mais ou menos como "mal do primeiro filho quando nasce o segundo", quando a criança deixa de mamar no peito da mãe precocemente e, por causa disso, cresce seriamente doente. Ela afeta principalmente crianças com menos de 5 anos de idade. É uma forma grave de desnutrição proteica em crianças causada por dietas sem carne ou produtos animais.

Poderíamos pensar que uma grande porcentagem de crianças nos distritos teria contraído *kwashiorkor* devido a suas dietas insuficientes e inadequadas, e também à falta de carne. Quando a maioria das crianças em *Jogos Vorazes* chegassem a idade de se tornarem tributos, eles seriam fracos, tontos e extremamente doentes. A maioria deles tem apenas grãos como alimento e poucos possuem acesso à carne.

A doença dos bebês

O marasmo é outra manifestação da fome, da inanição e da alimentação inadequada. Da mesma forma que acontece com quem tem *kwashiorkor*, uma criança com marasmo é incrivelmente magra e atrofiada, tem o cabelo esparso e o rosto semelhante ao de um homem velho. A doença pode ser causada pela falta de leite materno ou uma composição fraca ou ruim de leite engarrafado. Em suma, normalmente é atribuída à falta de nutrição em geral, enquanto *kwashiorkor* se refere especificamente à falta de proteína na dieta.

Geralmente visto em crianças menores de 2 anos de idade, o marasmo causa pele seca e escamada, irritabilidade, apetite extremo e perda de pigmentação do cabelo.

Kwashiorkor é mais grave, pois o corpo não é mais capaz de absorver nutrientes, fazendo a criança vomitar, ter diarreia e contrair infecções facilmente.

Em seu discurso de 1858 no Hospital para Crianças Doentes, na rua Great Ormond, em Londres, Charles Dickens descreveu sua memória de uma criança com marasmo:

> ... em uma velha caixa de ovo, um pouco fraca, acabada e pálida, havia uma criança doente. Com seu pequeno rosto acabado, suas mãos pequenas, quentes e desgastadas dobradas sobre o peito e seus olhos atentos e com pouco brilho, posso vê-lo agora... com o olhar fixo em nós... o pequeno corpo do qual ia partindo lentamente... deixado sozinho, fraco e cheio de dor... aguardando longamente pela morte... como se não houvesse vida, movimento e vigor em todo o mundo, nada além de paralisia e decadência... meu pobre amiguinho caído em sua caixa de ovo... Eu sempre o via e me perguntava o que isso significava, e por que, em nome de um Deus gracioso, estas coisas deviam ser assim!

Marasmo é a doença do bebê, enquanto *kwashiorkor* é a doença da criança ligeiramente mais velha.

O prognóstico para uma criança com marasmo pode ser melhor do que uma com *kwashiorkor*, mas o sofrimento não é menor.

Infelizmente, crianças com fome estão entre nós desde sempre. É horrível quando adolescentes e adultos morrem de fome. Quando são bebês e crianças pequenas, é quase insuportável de pensar.

Em 1940, os alemães conquistaram uma área densamente povoada dos Países Baixos, importante por ser produtora de alimentos. Sob o controle nazista, as pessoas passavam fome, cada uma consumia aproximadamente 1.300 calorias por dia. Em 1944, as forças aliadas entraram na Holanda e, para ajudá-los, o governo holandês que estava exilado em Londres ordenou uma greve de ferroviários na Holanda. Em retaliação, os nazistas bloquearam a importação de qualquer alimento para a área. Marcado na história como o Inverno Holandês da Fome, o embargo de alimentos de outubro de 1944 até maio de 1945 matou muitas pessoas, que literalmente faleciam nas ruas.

Graças aos excelentes arquivos holandeses, pesquisadores de inanição em bebês, na década de 1960, foram capazes de examinar centenas de milhares de casos documentados de nascimentos do sexo masculino durante o Inverno Holandês da Fome e também tiveram acesso aos registros militares holandeses dos homens sobreviventes nascidos naquela época.

Os pesquisadores holandeses concluíram que as mortes dos recém-nascidos e a infertilidade dispararam devido à fome das mães. Por exemplo, aquele período registrou apenas um terço das taxas de parto normal em circunstâncias habituais. Além disso, dos bebês que chegaram a nascer, houve um grande número de mortes.

No primeiro trimestre, as mães desnutridas carregam fetos que correm grande risco de ter sistemas nervosos centrais anormais, e os abortos espontâneos são comuns. No terceiro trimestre, quaisquer fetos sobreviventes têm pesos extremamente baixos e, se os bebês nascerem, eles tendem a morrer nos primeiros meses.

Essas descobertas são interessantes quando consideramos as pessoas nos distritos nos livros *Jogos Vorazes*. Os mesmos problemas podem ser comuns a todos os distritos, sendo que a morte de crianças está relacionada a muito mais do que às colheitas e às arenas. Até as mães estão em risco no mundo de *Jogos Vorazes*,

pois as mulheres, historicamente, morrem de abortos espontâneos, nascimentos prematuros e complicações da gravidez, especialmente em ambientes hostis e sem acompanhamento médico.

Dos bebês do sexo masculino que nasceram durante o Inverno Holandês da Fome e chegaram ao serviço militar no fim da adolescência, os pesquisadores encontraram uma ocorrência maior do que o normal da espinha bífida, de paralisia cerebral e de hidrocefalia. No entanto, os bebês sobreviventes eram mentalmente competentes e tinham inteligência normal, o que levava à conclusão de que os nascidos com dano cerebral tinha morrido.

Estudos posteriores sobre a mesma época feitos na década de 1970 sugeriam uma correlação direta entre a fome pré-natal/infantil e esquizofrenia, paranoia e psicoses. Em 1995, o Hospital Universitário Utrecht, na Holanda, e a Universidade de Columbia uniram forças para estudar por

que a fome pré-natal resulta em maior risco de esquizofrenia. Essa pesquisa encontrou um "pico na esquizofrenia" entre os bebês no primeiro trimestre concebidos durante o Inverno Holandês da Fome.

Mais recentemente, em 2010, a Universidade de Leiden em parceria com a Universidade de Columbia, chegaram a conclusão de que "as pessoas de 60 anos que foram concebidas durante o Inverno Holandês da Fome tinham a configuração molecular diferente de um gene que influencia o crescimento". Assim, a fome pré-natal no primeiro trimestre também pode alterar o material genético do feto. Esse estudo em particular aponta que o código genético não se altera, e sim a configuração que indica se um gene está ligado ou desligado é que muda. É possível que a mutação permita que o sobrevivente se adapte rapidamente à desnutrição ainda no útero.

No entanto a fome entre as crianças não ocorreu apenas naquele período e, infelizmente, tem sido muito comum ao longo dos tempos.

Nos últimos dois séculos, doenças de fome como o marasmo foram causa de muitas mortes na infância. De acordo com a doutora Jacqueline Hansen, especialista em infância da Universidade Murray State: "A taxa de mortalidade infantil, ou marasmo, entre órfãos, muitas vezes chegou a níveis inacreditáveis. Em 1915, o doutor JHM Knox afirmou que 90% dos órfãos americanos morreram".

A BBC News escreveu em junho de 2008 que, na Etiópia, "por volta de 4,5 milhões de pessoas precisam de assistência de emergência... não há comida suficiente no país".

No Haiti, hoje, a fome é comum entre lactentes e crianças, pois eles já estavam morrendo de fome antes do terremoto. Assim como em *Jogos Vorazes*, existem regras de "etiqueta" da fome, no Haiti, por exemplo: se roubar comida, você pode ser morto; e os alimentos roubados ou pilhados

por crianças morrendo de fome devem ser compartilhados com a comunidade. O *The New York Times* estimou em janeiro de 2010 que "dois milhões de haitianos precisam de assistência alimentar imediata".

E poderíamos continuar com as estatísticas preocupantes, mas o ponto é o seguinte: no mundo real, ao longo da história e até hoje, nossos líderes e governos são responsáveis pela fome e pelas mortes de milhões de crianças inocentes. A trilogia *Jogos Vorazes* traz este problema para o foco de todos, ampliando a realidade ao retratar acuradamente as lutas de crianças que estão morrendo de fome. Em nosso mundo real, será que culpamos realmente os nossos líderes e governantes por isso? Por essas mortes? Ou vamos continuar com os olhos fechados para a situação enquanto estamos isolados das realidades terríveis, deixando nossos líderes e governantes continuar a aprovar e apoiar as políticas que ocasionam a fome no mundo?

Como Katniss Everdeen descobre, simplesmente jogar mais alimento para as pessoas pode não resolver o problema. Claro que, depois de vencer seus primeiros Jogos, ela recebe comida suficiente para ajudar a família de Gale Hawthorne e seus outros amigos, mas a questão central é que o regime do mal da Capital ainda tem o controle sobre todos. Então Katniss e os outros precisam combater a Capital e, no fim, até a presidente Coin em *A esperança*, pois precisam eliminar o mal pela raiz. Substituir o regime de Snow por um similar gerido por Coin simplesmente manteria o mesmo problema.

Falando sério: qual a diferença entre o presidente Snow com seus apoiadores insanos da Capital e muitos regimes ao longo da história e nos tempos modernos? Quão diferentes são Coin e seus partidários, que querem instituir novos Jogos Vorazes no fim de *A esperança*?

Obesidade: o oposto da fome

Antes de encerrar este capítulo sobre a fome e a trilogia *Jogos Vorazes*, devemos mencionar brevemente o problema da obesidade. É possível que uma ou outra pessoa no mundo de Katniss fosse obesa, talvez por problemas genéticos, hormonais ou porque vivem na Capital e se recusam a ser bulímicos.

Segundo a Organização Mundial de Saúde, um dos problemas de saúde mais significativo nos países desenvolvidos e em desenvolvimento hoje é a obesidade. Mais de 50% das pessoas nos Estados Unidos, no México, no Brasil, no Chile, na Colômbia, no Peru, na Rússia, na Inglaterra, na Finlândia e na Arábia Saudita estão com sobrepeso ou obesos. E essas pessoas não apenas sofrem durante a vida como também correm um grande risco de morrer muito cedo.

Pessoas que sofrem de uma doença genética chamada Síndrome de Prader-Willi comem descontroladamente. Sem ajuda médica, muitos morrem de complicações relacionadas à obesidade quando chegam aos 30 anos de idade. Algumas pessoas nascem sem o código genético de um hormônio chamado leptina. Essa doença genética também pode fazer as pessoas comerem descontroladamente, mas quando curada com injeções de leptina, o ganho de peso cessa. Na Costura, mesmo uma pessoa com Síndrome de Prader-Willi não teria como comer descontroladamente, então ela sofreria ainda mais que os outros. A mesma coisa vale para o problema da leptina, se você tiver hormônios loucos que o fazem querer comer sem parar, mas você mora na Costura, esqueça. Vai sentir ainda mais fome do que qualquer um. Você está condenado!

Previsões do fim do mundo

634 a.C., Roma

Previsões catastróficas prevaleciam na Roma antiga, desde o início, como as lendas de Rômulo, que fundou a cidade em 753 a.C. Doze águias mágicas informaram Rômulo que elas representavam as doze décadas que a Roma antiga existiria. Ao fim dos 120 anos, a cidade seria destruída, e o império romano entraria em colapso. O antigo calendário romano começou na fundação de Roma, sendo 753 a.C. igual a 1 AUC (*ab urbe condita*, que significa "desde a fundação da cidade"). Um cálculo simples colocava o fim do mundo em 120 AUC, que seria 634 a.C.

Quando 634 a.C. chegou, os antigos romanos ficaram horrorizados, certos de que estavam todos condenados pelo apocalipse iminente. Mas nada aconteceu naquele ano.

Em vez de destruição instantânea da antiga Roma, o império foi acabando lentamente. Existe um grande debate sobre quando o Império Romano caiu, sendo que muitos especialistas atribuem a data de 410 d.C., quando Roma foi saqueada por hordas de bárbaros Godos.

Independentemente da queda final de Roma em 410 d.C., em 476 a.C. o chefe germânico Odoacro derrotou Rômulo Augusto, o último imperador de Roma Ocidental, mais de um século após as águias previrem o apocalipse romano.

389 a.C., Roma

Depois de Odoacro derrotar Rômulo Augusto em 476 a.C., outra previsão apocalíptica surgiu quando novos profetas reanalisaram a noção das doze águias. Os novos peritos do Juízo Final decidiram que a profecia original das águias estava totalmente errada, que as águias místicas representavam os dias em um ano e que o apocalipse aconteceria em 365 AUC, ou 389 a.C. Tal como aconteceu com a previsão anterior que dizia que Roma deixaria de existir em 634 d.C., essa profecia, mais tarde, também provou ser falsa.

167 a.C., a Babilônia

Muitos estudiosos da Bíblia sugerem que o Livro de Daniel foi escrito em algum momento entre 168 a.C. e 164 a.C., quando os macabeus se revoltaram contra as forças gregas ocupando as terras desses. Na parte final do Livro de Daniel, há uma descrição bastante detalhada do fim dos tempos, da ressurreição dos mortos, que então vão para o céu ou o inferno. O apocalipse da humanidade iria ocorrer cerca de três anos após a construção da estátua de Zeus no templo judeu por volta de 167 a.C.

O Livro de Daniel é um dos primeiros exemplos da literatura apocalíptica, esse e o livro do Apocalipse no Novo Testamento são os exemplos mais famosos.

AST

4. TRIBUTOS

Gladiadores na arena

A maioria dos fãs da série *Jogos Vorazes* deve saber que ao usar a frase "Panem et Circenses" a autora faz referência a "Pão e Circo", da Roma antiga. Inclusive Plutarch menciona em *A esperança* que aquele termo latino vem sendo usado há milhares de anos. Não é por acaso que eles chamam o país de Panem. Como mencionado antes neste livro, a frase "Pão e Circo" se refere aos grãos dados de graça (o pão) aos famintos pelo governo juntamente com os jogos de gladiadores (o circo). Em uma entrevista para a Scholastic Books, Suzanne Collins explica que mandou "os tributos para uma versão atualizada dos jogos de gladiadores romanos, o que mostra um governo implacável que lança as pessoas à morte como forma de entretenimento. O mundo de Panem, especialmente a Capital, está cheio de referências a Roma".

Mas o pão tem um papel muito maior na série, ele na verdade, representa o poder político da Capital, mas é também um símbolo do amor de Peeta Mellark por Katniss. Lembre-se, quando Katniss estava morrendo de fome e incapaz de alimentar a família, Peeta se arriscou a sofrer a ira de sua mãe dando dois pães a Katniss. Na verdade, a mãe bateu na cara dele com algo duro porque ele não estava dando os pães para os porcos rapidamente (no começo de *Jogos Vorazes*). Seu primeiro ato de generosidade verdadeira, bondade e amor para Katniss foi esse sacrifício do pão. Ele serviu como um prenúncio do relacionamento profundo e íntimo que eles eventualmente compartilhariam mais tarde. Ela guarda na memória esse primeiro encontro e isso a lembra de que foi o pão de Peeta que deu esperança a ela pela primeira vez.

Mas vamos voltar ao pão e circo, que na Roma antiga significava uma forma de entretenimento que poderia ter sido chamada de sangue e cadáveres. O mesmo vale no mundo de *Jogos Vorazes*, pois o entendimento que a Capital tem de entretenimento também aponta para uma sede de sangue e cadáveres.

Vamos ser sinceros: há pessoas, aliás muitas, que gostam de ver os outros sofrer. Ao longo da história, a morte humana tem fascinado os mórbidos, os sanguinários e aqueles que precisam se sentir superiores. A caça às bruxas de Salem foi responsável pela morte torturante de gente demais, assim como as Cruzadas. Quantas pessoas foram penduradas e decapitadas ao longo dos tempos em todo o mundo? Por que as pessoas vão para o subterrâneo a fim de apostar em rinhas de cães e galos? Até hoje as testemunhas se sentam em cabines para assistir à eletrocussão de criminosos condenados. Deve haver alguma razão para que filmes com violência provocatória, *video games* e *animes* sejam tão populares. O ressurgimento da literatura pós-apocalíptica distópica em si, como a série *Jogos Vorazes* e incontáveis livros de zumbis escritos por inúmeros autores, aponta para uma atual obsessão por morte, violência e destruição completa de tudo que é bom. Será que as pessoas encontram alívio na violência e nas mortes brutais dos outros, sejam seres humanos ou animais, porque isso os lembra de que

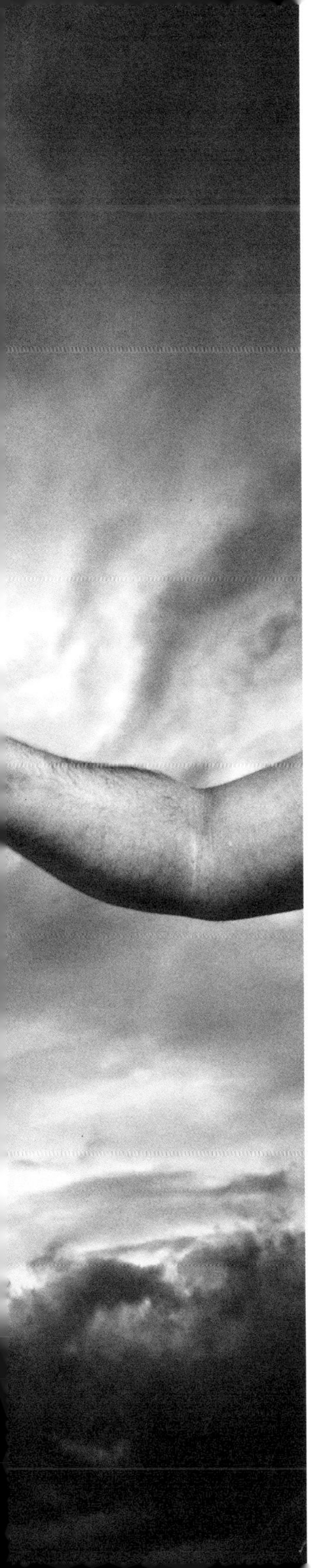

ainda estão vivos e saudáveis? A razão clássica dada para a popularidade da literatura de horror é que, ao ler sobre coisas assustadoras, tiramos aquilo de dentro de nós e nos sentimos aliviados com nossas vidas cotidianas, pois estamos relativamente bem em comparação com os horrores do que acabamos de ler.

Mesmo enquanto Katniss luta contra o mal e acaba derrubando o governo, é difícil dizer que alguém realmente "venceu" no mundo dos Jogos Vorazes. Quando *A esperança* vai chegando aos seus capítulos finais, Katniss é uma suicida viciada em drogas e entorpecida por causa da violência e das mortes.

Na história, nações invasoras já dominaram, escravizaram, mataram, estupraram e torturaram aqueles a quem conquistaram. Todas as sociedades matam, seja em guerras, necessárias ou desnecessárias; por meio da morte de animais de forma mais descente ou indecente; da caça e execução de criminosos e outros "dissidentes"; e com a arma da pobreza, que mata pessoas de fome, má nutrição e pela exposição ao meio ambiente.

Mais tarde nos aprofundaremos nesses assuntos (veja os próximos capítulos sobre a tortura, o mal e as crianças assassinas), por enquanto pensaremos na Roma antiga, suas arenas e seus gladiadores, e poderemos traçar paralelos diretos com o que acontece em *Jogos Vorazes*. A Roma antiga foi um dos exemplos mais extremos de uma cultura cujo entretenimento era baseado em batalhas humanas até a morte. Em suas arenas, os romanos mataram muito mais gente do que a Capital faz em toda a série *Jogos Vorazes*, e fizeram isso com eficiência e uma variedade bizarra. Claro que os maias e astecas mesoamericanos torturaram e massacraram um número inacreditável de pessoas, mas as principais diferenças são: 1) os maias e astecas matavam por motivos religiosos e espirituais enquanto os romanos assassinavam por entretenimento; e 2) os romanos usavam *arenas esportivas*.

Em anfiteatros e circos romanos, grandes multidões comiam, bebiam e festejavam enquanto assistiam a combates de gladiadores, a todos os tipos de *shows* sanguinários, a sacrifícios de animais e até mesmo a execuções ritualizadas. Muito semelhante aos Jogos Vorazes com suas arenas, seu combate mortal, seus *shows* sanguinários e suas batalhas humanas animalescas, você não diria? E é certo que as pessoas na Capital comiam, bebiam e festejavam enquanto assistiam a esses banhos de sangue. Em uma entrevista ao *USA Today*, Suzanne Collins afirmou que se houvesse TV na Roma antiga os gladiadores teriam sido estrelas *pop*. Ela afirmou: "Era um entretenimento popular e de massa. Se você tirar o público, o que é que sobra?".

Também é revelador o fato dos nomes dados às pessoas na Capital serem romanos. Temos Venia, Octavia, Sêneca, Plutarch e Flavius, só para citar alguns. O nome Flavius é particularmente interessante porque, no mundo real, os Flavius construíram o Coliseu, que era o principal anfiteatro e arena esportiva dos banhos de sangue dos romanos, em 80 d.C. Em princípio, foi chamado de Anfiteatro Flaviano, embora agora seja comumente conhecido como Coliseu.

A Roma imperial tinha muitos fóruns grandes para jogos: além do Coliseu, havia o Circo Flamínio, o Teatro de Marcelo e o Circo Máximo, onde eram realizadas corridas de carruagem, o Teatro de Pompeu e muitos outros. Inicialmente as lutas ocorriam no Fórum Romano. Espectadores assistiam em galerias ao redor do Fórum, e, na época de César, passagens subterrâneas permitiam que os gladiadores surgissem de repente na arena.

Como na Capital de Panem, os antigos romanos desfrutavam tanto dos seus festivais de morte que os espetáculos sangrentos formavam um aspecto importante da vida social das pessoas de todas as classes. Todos corriam para as arenas, onde fofocavam durante os *shows* violentos e mortais, e mantinham a esperança de "serem vistos" pelos cidadãos mais proeminentes e ricos.

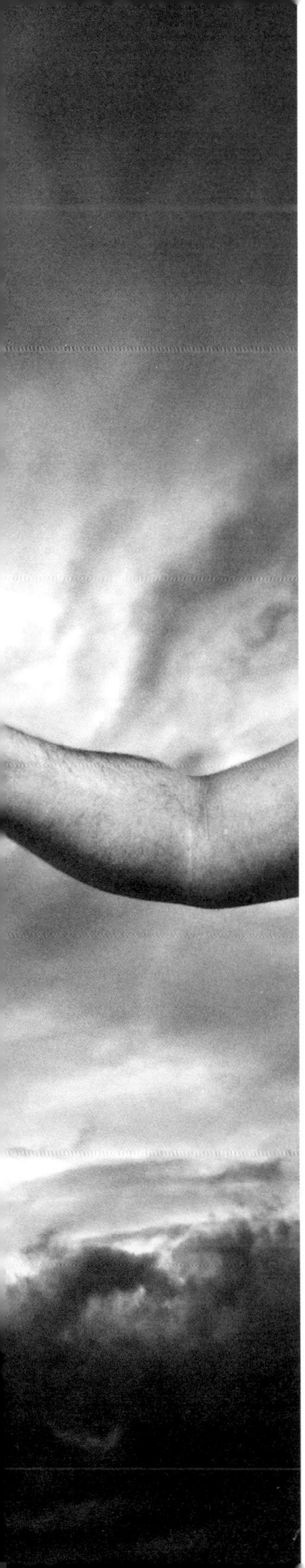

As pessoas também iam para aquelas arenas inumanas com a intenção de encontrar o amor. Elegância e exibicionismo, da mesma forma que nos Jogos Vorazes, dominavam a cena.

O erotismo associado aos gladiadores, à arena e à violência era enorme e muito similar à sensualidade atribuída ao toureiro espanhol, que mata os touros para a diversão das pessoas. Os gladiadores estavam tão próximos do sangue e da morte que eram vistos como símbolos do que era proibido. Nos termos atuais, eles seriam "*bad boys*" e, por isso, acabavam fascinando as mulheres.

Da mesma forma que o pobre Finnick, que vence seus Jogos apenas para se tornar um brinquedo sexual para homens e mulheres depravados da Capital, os gladiadores na Roma antiga também serviam a ambos os sexos. O presidente Snow força Finnick a se prostituir e, se ele se recusar, a Capital ameaça matar alguém que ele ama (como mostrado na metade de *A esperança*). Isso também acontecia na Roma antiga, quando os líderes do país usavam "amantes descartáveis" como se eles não fossem gente. Por exemplo, durante um dia de jogos na Roma antiga, um jovem chamado Hierócles comandava uma charrete quando caiu e perdeu seu capacete. O Imperador Heliogábalo viu o rosto do garoto, foi tomado pelo desejo e ordenou aos seus serviçais que levassem o rapaz ao palácio para fins sexuais.

Os romanos apostavam nos resultados das batalhas, da mesma forma que as pessoas fazem nos Jogos Vorazes, e procuravam no império todo por vítimas que pudessem servir em seus jogos, glorificando seus banhos de sangue em pinturas.

Por que será que os romanos antigos não encontravam oposição em seus jogos tão desumanos enquanto nós, como leitores de *Jogos Vorazes*, achamos a violência e os banhos de sangue deploráveis? Será que as pessoas mudaram tanto assim ao longo dos anos? E se a resposta é sim, então por que o mundo ainda tem tanta violência e mortes brutais?

Enquanto a sociedade moderna parece obcecada pela violência e por mortes na literatura, em filmes e em *games*, não condenamos a brutalidade desnecessária em nossas vidas. Lemos sobre horrores em nações distantes, mas, enquanto essas situações lamentáveis não chegam perto de nossa casa, achamos que não podemos fazer nada. Sentimo-nos impotentes em fazer algo em relação aos horrores que acontecem em outros países. Na verdade somos mesmo impotentes, pois não conseguimos resolver nem as indignidades, a fome, a falta de moradia e a violência em nosso próprio país. A maioria das pessoas fica indignada, para não dizer horrorizada, com as condições das vacas, dos frangos, dos cavalos e de outros animais, especialmente os que serão destinados ao consumo humano. Mesmo assim, a maioria de nós se sente impotente para fazer algo.

Porém, comparados aos povos antigos, somos muito mais sensíveis aos direitos dos animais e às condições desumanas que eles vivem antes do abate, aos direitos daqueles que esperam por uma execução "humana", a crueldade dos rodeios e os animais utilizados em experiências em laboratórios.

Nas arenas de Roma, as batalhas eram muito piores do que as no mundo de *Jogos Vorazes*. Por exemplo, em 107 d.C., Trajano resolveu fazer jogos de 23 dias, nos quais *10 mil* gladiadores lutaram até a morte e *11 mil* animais foram sacrificados.

Era comum espancar e queimar escravos até a morte se eles fossem suspeitos de deserção, traição ou magia. Outras punições incluíam a crucificação e também uma morte excruciante na arena enfrentando animais selvagens. Em casos extremos, o escravo ou criminoso entrava na arena nu com uma corrente ou corda em volta do pescoço e era amarrado a um poste, ficando indefeso contra os animais selvagens que acabavam com seu corpo. E os romanos também usavam esses métodos contra mulheres e crianças às vezes.

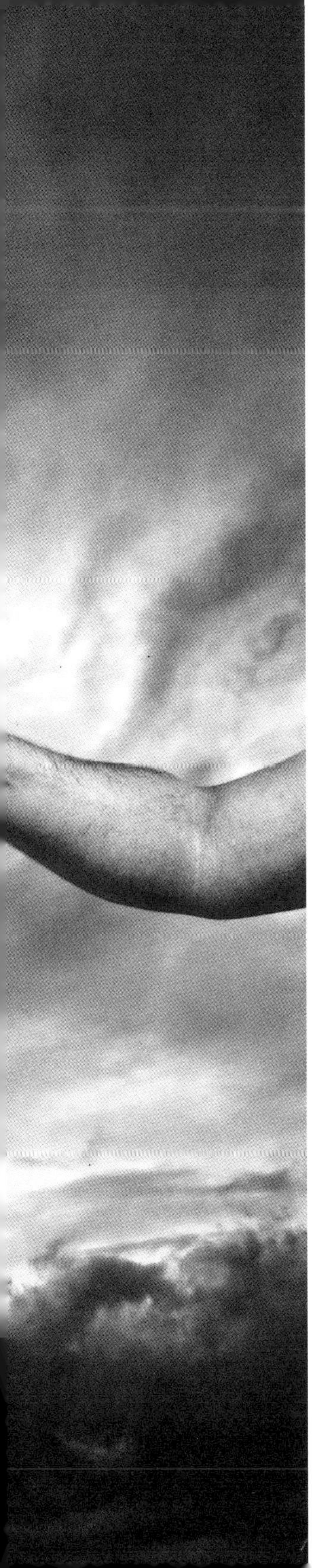

Nos eventos de gladiadores de Nero, as mulheres eram personagens comuns. Ele colocava mulheres de todas as idades e classes na área: escravas, estrangeiras e até mesmo nobres. É sabido que em 63 d.C. várias mulheres e crianças etíopes lutaram até a morte nos jogos de Nero.

Simplesmente não havia limites para os métodos de tortura. Gladiadores profissionais lutavam contra homens mais velhos e deficientes. Homens lutavam com espadas e vendados. Há histórias documentadas de brutalidades terríveis como jogar uma mulher nua na arena e depois levá-la à morte usando vários instrumentos de tortura. Ou então Nero, coberto com peles de animais selvagens,

GLADIADOR ROMANO

arrancava os genitais de homens ou mulheres presos em um poste, abria a barriga de um boi vivo e enfiava uma pessoa lá dentro. Algumas das histórias podem ser exageradas, mas é muito provável que sejam verdadeiras levando em conta a natureza dos jogos romanos e a atitude deles em relação à violência e às mortes cruéis.

Se considerarmos o tamanho e a extensão dos jogos romanos, o número de pessoas (homens e às vezes mulheres e crianças) assassinadas de forma violenta na arena, a tortura e as mortes de tantos animais, provavelmente eles são os mais desumanos e brutais da história. Historiadores sugerem que a crueldade dos jogos era tão terrível quanto o extermínio nazista de milhões de pessoas, e que até mesmo Genghis Khan não era tão cruel. Como afirmou um historiador: "Ninguém pode deixar de se sentir repelido por este aspecto insensível e sádico que permeava os romanos de todas as classes".

O Coliseu e as arenas dos Jogos Vorazes

As arenas dos Jogos Vorazes mudam a cada ano. Tudo depende da vontade dos idealizadores, que ditam como as crianças lutarão e morrerão e sob quais condições serão as batalhas. Dependendo de seus desejos, os Idealizadores podem simplesmente mudar as regras no meio dos Jogos. Se querem sujeitar um tributo a macacos mutantes e gás venenoso, eles têm a autoridade para fazer isso. Nos livros eles fazem isso algumas vezes: primeiro permitem que dois tributos vençam uma edição dos Jogos, depois mudam de novo para que só um vença. Mas a ingenuidade de Katniss acaba salvando a ela e a Peeta.

Em sua primeira participação nos Jogos Vorazes, Katniss é jogada em um ambiente similar ao Distrito 12, sendo que a arena parece uma floresta de pinheiros nos quais ela podia

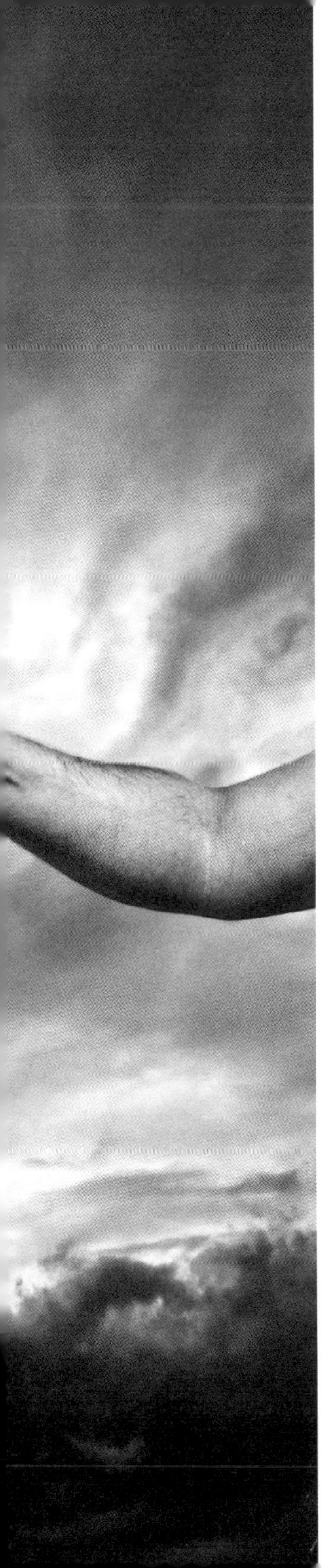

escalar, dormir e se esconder, e há comida que ela sabia onde achar e um terreno onde conseguia se situar.

Já no livro *Em chamas*, a arena possui o formato de um relógio dividido em fatias, que possuem cada uma um perigo mortal.

Em todos os casos, as arenas são fechadas. Entra-se nelas apenas pela força e só sai morto (essa é a forma mais comum, pelo menos) ou então massacrando todos os outros tributos e virando o vencedor.

O velho Coliseu também era uma arena fechada. O único jeito de entrar era pela força (a menos que fosse um espectador) e o único jeito de sair era pela morte (o mais comum) ou matando os outros gladiadores e saindo como vencedor.

O Coliseu levou dez anos para ser construído, e seu nome veio de uma estátua colossal de Nero. Primeiro os romanos drenaram um lago e removeram trinta mil toneladas de terra. Então instalaram fundações de pedra e concreto sólidos que tinham por volta de quatro metros de fundação e nove metros de profundidade embaixo das colunas, que eram feitas de mármore travertino. Havia sete anéis concêntricos de colunas, com outras colunas internas extras para suportar o peso de todos os espectadores. A arena e todos os tronos para os senadores e oficiais eram decorados com mármore. A arena de batalha era separada do público por um muro de dez metros. O piso do local onde as batalhas eram travadas (e o sangue escorria sem parar) era de areia grossa. Havia galerias e salas abaixo do Coliseu divididas em quatro secções por duas passagens perpendiculares. Jaulas abaixo da arena guardavam os animais selvagens e, quando o sinal era dado, homens elevavam as jaulas usando elevadores, abriam as grades e forçavam os animais a subir por rampas e a entrar na arena por portas secretas.

Todos os tipos de equipamentos de batalha e armações eram passados por essas portas secretas para dentro da arena.

Isso se parece muito com a arena relógio de *Em chamas*, onde tudo é desenhado, construído e testados com detalhes muito bem elaborados.

Em 46 a.C., César realizou jogos que rivalizam em extravagância com os preparados pelos idealizadores. Em toda a Roma, gladiadores lutavam em palcos, atletas competiam uns contra os outros e também havia corridas de cavalos, danças militares, brincadeiras e batalhas navais encenadas em uma arena aquática construída especialmente para os jogos. Essas frivolidades foram seguidas por cinco dias de combates entre gladiadores e animais selvagens. E a grande final dos jogos de César era uma batalha entre dois exércitos no Circo Máximo, que incluía 500 homens a pé, 30 a cavalo e 20 elefantes.

Um personagem muito famoso dessa época é Espártaco. Ele era trácio e foi capturado pelos romanos e mandado para a famosa escola de gladiadores de Campânia. Espártaco acabou comandando uma rebelião contra Roma em 73 a.C.

Em um popular *site* dos Estados Unidos sobre *Jogos Vorazes* (www.mockingjay.net, em inglês) a autora Suzane Collins escreveu que "a figura histórica de Espártaco foi um grande modelo para a trama dos três livros e para Katniss. [Espártaco] foi um gladiador que escapou da arena e comandou uma rebelião contra um governo opressor que acabou levando à chamada Terceira Guerra Servil".

Para a maioria dos homens iguais a Espártaco, a morte na arena era uma certeza. Todos os que eram capturados em guerras não podiam esperar por nada pior do que isso. Eles não tinham nenhuma ajuda enquanto treinavam para os jogos, muito menos ao lutar na arena, afinal os romanos pensavam neles como inimigos, como escória, e merecedores das mortes mais terríveis.

Espártaco era um prisioneiro vindo de Trácia. Naquela época, os trácios viviam em uma área do sudeste da Europa

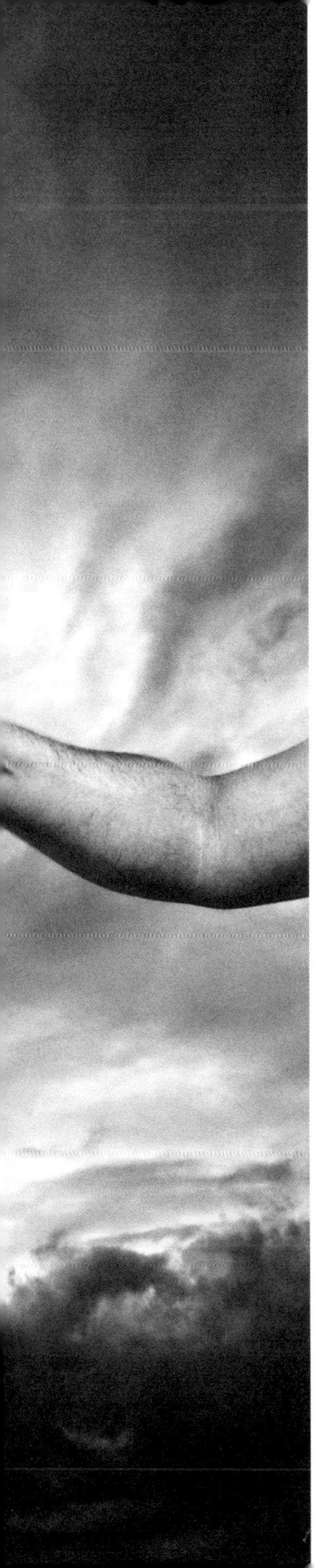

que hoje cortaria partes da Turquia, da Grécia e da Bulgária. Espártaco era um soldado assistente no exército romano, mas após desertar foi capturado e virou escravo, sendo treinado para ser um gladiador.

Ele liderou uma revolta de duzentos gladiadores presos na escola. Lêntulo Batiato, o dono da escola de gladiadores, ouviu que a revolta era iminente e separou seus prisioneiros gladiadores. Mas Espártaco conseguiu escapar com setenta e oito gladiadores e mais um monte de escravos e mulheres.

Os homens pagaram armas e equipamentos em uma carroça nas ruas de Campânia, lutaram contra os guardiões do portão da cidade, fugiram para o campo e foram em direção ao vulcão Vesúvio, que estava dormente e se tornou a fortaleza deles.

Caio Cláudio Glaber, o comandante romano na área do Vesúvio, levou suas forças militares pelo caminho estreito que levava ao vulcão e então bloqueou o acesso, imaginando que Espártaco e seus homens ficariam presos lá sem comida e água. Mas Espártaco já esperava que as tropas o encontrassem e se preparou para isso fazendo seus homens tecerem escadas com as trepadeiras que cresciam na região e então fugirem das garras de Glaber descendo os penhascos com elas. Brilhante taticamente, o líder rebelde fez seus homens darem a volta na montanha e atacarem seus perseguidores por trás.

Depois disso, Roma resolveu mandar um oficial sênior, Públio Varínio, e milhares de homens para derrotar Espártaco e sua pequena tropa de gladiadores, mas a inteligência tática militar do rebelde já o tinha preparado para esse movimento dos romanos também. Ele reuniu milhares de escravos fugitivos para o ajudar a derrotar os romanos, e mais uma vez foi o que aconteceu.

Dezenas de milhares de escravos (não só homens, mas mulheres e crianças também) de todo o sul da Itália fugiram de fazendas e campos de trabalhos forçados onde estavam aprisionados para se unir a Espártaco. Os rebeldes marcharam para Thurii, que hoje é conhecida como Terranova.

Desesperados, os romanos mandaram os cônsules Lúcio Gélio e Lêntulo Clodiano com quatro legiões de homens para acabar com os rebeldes. Eles conseguiram matar um grupo de insurgentes em Crixus, porém mais uma vez Espártaco e suas forças dominaram e derrotaram os homens dos dois cônsules. Em uma virada cruel do destino, ele forçou centenas de prisioneiros romanos a lutar como gladiadores e a matar uns aos outros.

Espártaco seguiu em frente, e seus homens derrotaram mais um líder romano e seus soldados, desta vez mais ao norte, e então voltaram para o sul. Originalmente ele havia planejado marchar sobre os Alpes.

Campânia caiu diante de Espártaco e Lucânia também.

Mais desesperados ainda, os romanos mandaram Marco Licínio Crasso e outro exército atrás dos rebeldes. Crasso já tinha mortes suficientes no currículo para evitar um confronto direto com eles. Em vez disso ele os cansou, perseguindo-os durante semanas e matando os que saiam para buscar comida e outros suprimentos. Espártaco foi levado para o mais sul possível, para o dedão do pé da Itália. O plano de Crasso era prender as forças rebeldes entre ele e o mar e assistir a eles morrerem de fome.

Espártaco contratou piratas para ajudar seu povo a fugir de barco até a Sicília, mas os piratas roubaram seu dinheiro e os deixaram presos na costa.

Sem alternativa, pois estava preso entre Crasso e o mar, Espártaco levou seu exército exausto para a batalha, mas o plano do romano tinha dado certo.

Nas margens do rio Silarus, Espártaco foi assassinado, e com sua morte a rebelião também expirou.

Crasso crucificou seis mil rebeldes pela Campânia até Roma. Ele esperava ficar com o crédito de ter acabado com a rebelião, mas o general Gneu Pompeu, também conhecido como Pompeu, o Jovem, matou 5 mil rebeldes e ficou com o prestígio.

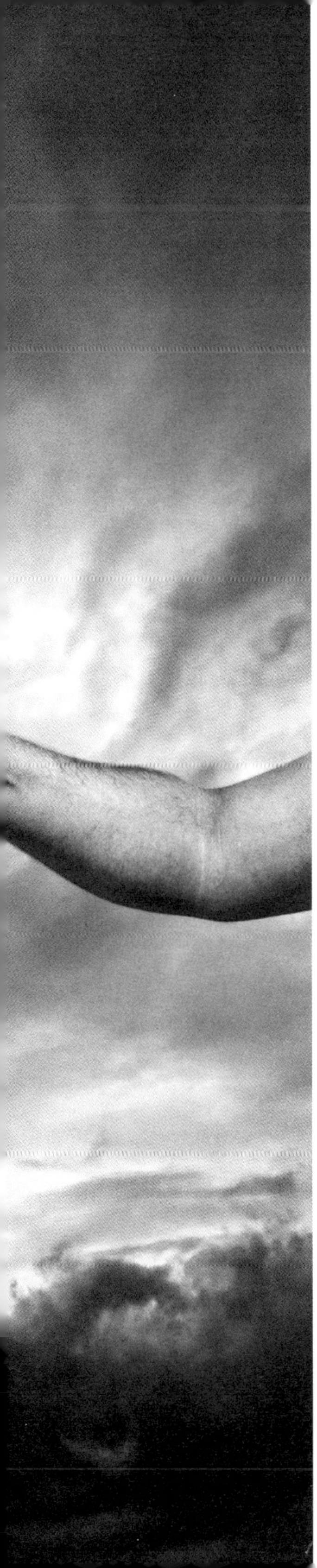

A história de Espártaco foi transformada em filme várias vezes, sendo o mais famoso o de 1960 dirigido por Stanley Kubrick para a Universal. Espártaco custou uma fortuna: 12 milhões de dólares naquela época, que em 1991, segundo estimou o *Los Angeles Times*, teria custado 110 milhões de dólares. O filme é estrelado por Kirk Douglas no papel principal e Laurence Olivier como Crasso.

Há realmente uma infinidade de similaridades entre o mundo de Espártaco e o de Katniss.

Panem e seus Idealizadores dos Jogos são parecidos com o governo da Roma antiga, pois ambos massacravam pessoas em demonstrações públicas para manter todos sob controle. As punições públicas, nos dois casos, serviam para demonstrar o poder absoluto e o domínio total que o governo tinha sobre o povo. Mortes torturantes são consideradas um bom jeito de manter as pessoas obedientes e subservientes. Um dos métodos atuais disso é a cadeira elétrica (assunto tratado no capítulo 6).

Os romanos puniam os desobedientes com chicotadas em praças e em outros locais públicos, e o mesmo acontece em *Jogos Vorazes*, seja quando Rue conta a Katniss que isso acontecia no Distrito 11 com quem comia algo dos campos ou quando o próprio Gale é punido quando a segurança é intensificada no Distrito 12 já no livro *Em chamas*.

A diferença entre os dois mundos é que na Roma antiga as punições e execuções, aos poucos, foram mudando de lugar e ocorriam todas na arena. Já em *Jogos Vorazes* o governo se utiliza da fome, do fechamento das minas onde as pessoas trabalham e até da queima de locais (por exemplo, o Prego) como forma de punir o povo.

Outro paralelo são as carruagens. No Circo Máximo, originalmente, as corridas de carruagens não eram mortais ou brutais, mas com o tempo isso passou a acontecer, e as mortes humanas e de animais se tornaram comuns. Já em *Jogos Vorazes* os tributos (ou gladiadores) desfilavam em suas carruagens pela cidade para a alegria dos fãs.

É interessante notar que são sempre 12 casais de tributos, um menino e uma menina de cada distrito, e com isso 12 carruagens. No começo do Circo Máximo, as corridas também incluíam 12 carruagens em seu programa diário, só mais tarde o número aumentou para 24.

Os gladiadores de Roma eram profissionais treinados em busca da sorte ou pessoas presas em batalhas ou por terem cometido crimes, enquanto em Jogos Vorazes os tributos são escolhidos em um sorteio. Mas em ambos os casos os vencedores se empanturravam em banquetes antes das lutas e recebiam liberdade e recompensas em caso de vitória.

Gladiadores norte-americanos e o UFC

A rede de televisão NBC, de 1989 a 1996, exibiu um programa chamado *American Gladiators* (Gladiadores Americanos) apresentado por Hulk Hogan e Laila Ali, no qual os competidores lutavam em uma arena diversos tipos de combate. Por sorte, eles não combatiam até a morte: as batalhas eram apenas diversão. Gladiadores contratados mediam forças e inteligência contra pessoas "comuns" que, a julgar pelos seus físicos, passavam o dia na academia. Os gladiadores do programa incluíam atores de filme de ação e dublês.

Atualmente na TV existe um campeonato chamado UFC (Ultimate Fighting Championship, que significa "campeonato de luta definitivo"), em que vemos lutadores se enfrentando com várias formas de artes marciais, incluindo boxe, jiu-jítsu e luta romana. Mas essas são lutas de verdade.

O UFC é uma versão moderna do pancrácio, um esporte olímpico grego antigo de luta que surgiu em 648 a.C. Os atletas lutavam e boxeavam sem nenhuma regra quanto às técnicas de luta.

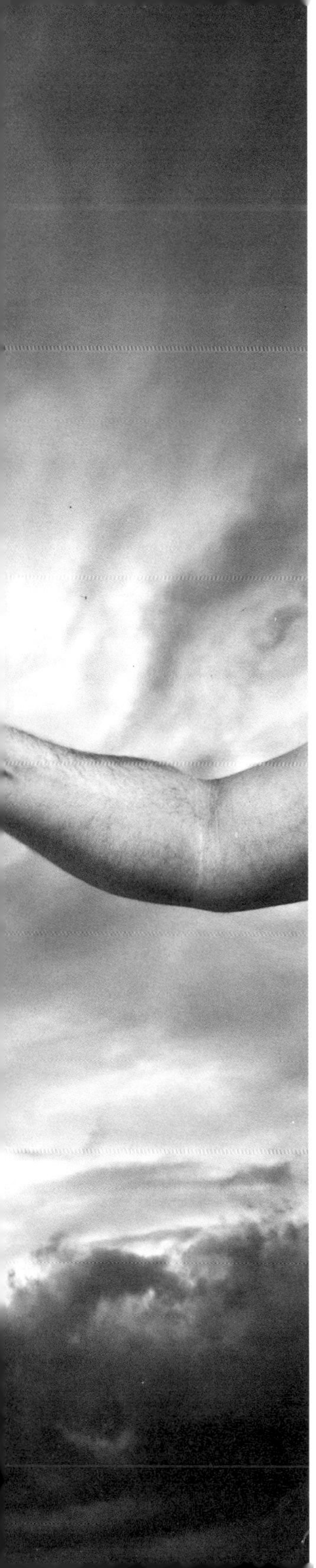

Suzanne Collins já comentou várias vezes que baseou seus Jogos Vorazes nas experiências do pai na Guerra do Vietnã, em programas de *reality show* e na história antiga de Teseu. Em uma entrevista recente para o *The New York Times*, Collins acrescentou que ela "abraçou o incentivo do pai em educar as pessoas mais jovens sobre a realidade da guerra".

Por um lado, Teseu e Hércules praticavam contra seus adversários luta romana e boxe, técnicas que se transformaram no pancrácio, que hoje é aceito em sua forma moderna pela Federação Internacional de Estilos de Lutas Associadas, mas não faz mais parte dos Jogos Olímpicos. Por outro lado, o UFC é tão violento que o senador John McCain tentou proibir o programa de ser exibido. Ele entrou em contato com os governadores de todos os estados americanos incentivando-os a banir oficialmente o programa. Ele obteve sucesso em 36 estados, onde o UFC reviu suas regras para que as lutas ficassem mais seguras e menos brutais e, eventualmente, começou a se promover de forma diferente, passando de "espetáculo" para "esporte".

O UFC é muito popular no mundo todo, e suas lutas são apresentadas como "lutas de exibição", não há uma contagem fixa de vitórias e derrotas igual ao boxe.

Além disso, uma coisa interessante é que, quanto mais patrocinadores um lutador consegue, mais ele ganha por luta. Isso não lembra os Jogos Vorazes? Os competidores não têm salários e, como você pode imaginar, os vencedores levam para casa mais dinheiro do que os perdedores

Previsões do fim do mundo

d.C. no começo, Terra Santa

Da mesmo forma que outros livros apocalípticos e pós-apocalípticos, o Livro do Apocalipse é uma das bases para a trilogia dos *Jogos Vorazes*. Em Matheus, Jesus declara: "Em verdade vos digo que, dos que aqui estão, alguns há que não provarão a morte sem que vejam chegado o Reino de Deus com poder", indicando fortemente que o apocalipse ocorreria durante Sua vida e que pelo menos um apóstolo ainda estaria vivo para ver a segunda vinda de Cristo.

No Apocalipse, a terra, o céu e o inferno colidem em uma enorme batalha entre o bem e o mal. O número sete, que curiosamente virou o número da sorte de muita gente, era algo central para o Livro do Apocalipse e o fim do mundo. Sete luzes representam sete igrejas, cada uma delas com sete anjos denotados por sete estrelas. Sete espíritos diante do trono de Deus, mais uma vez representados por sete lâmpadas, mas também com sete chifres e sete olhos. O pergaminho do julgamento de Deus tem sete selos com um conjunto de sete julgamentos. Trombetas de julgamento são seguradas por sete anos e, quando a sétima soar, a ira de Deus cairá sobre a terra. Há muitas outras referências ao número sete, mas é suficiente afirmar que, quando Jesus abre os quatro primeiros selos dos sete que existem, é quando os quatro Cavaleiros do Apocalipse aparecem, representando conquista, guerra, fome e morte.

93-195 d.C.

93 d.C. São Clemente diz que o fim do mundo é iminente. A qualquer segundo...

100 d.C. São Inácio escreve na prisão que o fim do mundo é iminente. A qualquer segundo...

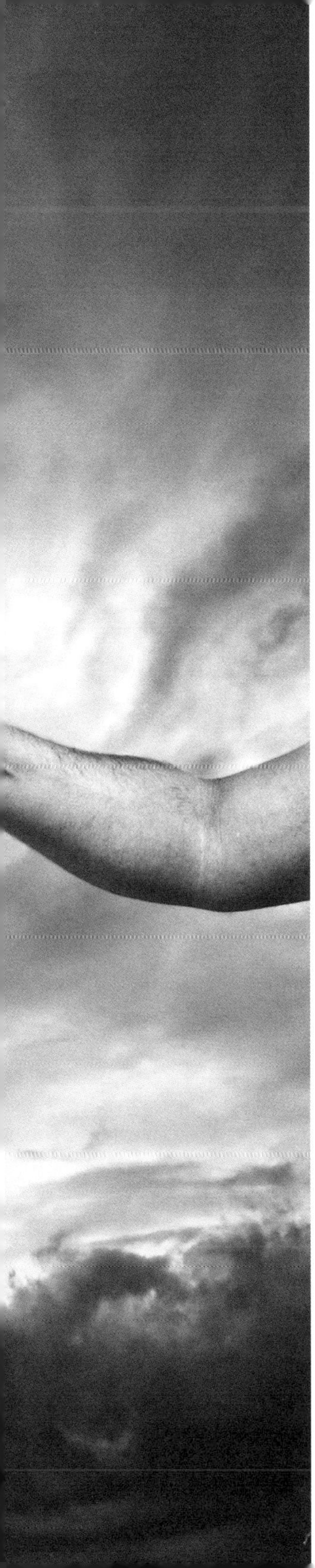

135-156 d.C. Montano se junta a Maximila e Priscila para convencer as massas de que o fim do mundo é iminente. A qualquer segundo...
195 d.C. Os oráculos sibilinos preveem que o fim do mundo é iminente. A qualquer segundo...
210 d.C. Um homem chamado Judas (não aquele, e sim um com parentes muito inocentes) explora o Livro de Daniel e prevê que o fim do mundo é iminente. A qualquer segundo...
365 d.C. Santo Hilário de Poitiers prevê que o fim do mundo é iminente. A qualquer segundo...
380 d.C. O norte-africano do cristianismo chamado Donatistas prevê que o fim do mundo é iminente. A qualquer cegundo...
375-400 d.C. São Martinho de Tours clama que o Anticristo já nasceu e que o fim do mundo é iminente. A qualquer segundo...

500 d.C.

Esse foi um grande ano para as previsões de fim do mundo.

Sexto Júlio Africano, que viveu entre 160 d.C. e 240 d.C., descobriu que Deus destruiria o mundo 6 mil anos depois de sua criação. Pelos seus cálculos, Deus havia criado tudo em 5000 a.C., e, como se passaram 5.531 anos entre a criação e a ressurreição, o apocalipse aconteceria por volta de 500 d.C.

São Hipólito, que morreu aproximadamente em 236 d.C., também afirmava que o apocalipse estava marcado para 6 mil anos depois da criação, que seria no ano 500 d.C.

São Irineu, que morreu no ano 202 d.C., também acreditava nisso.

5. ARMAS – *COMO UM TRIBUTO SOBREVIVE*

As armas usadas nos Jogos Vorazes

Juntamente com a fome, a guerra e a rebelião, as armas são um dos temas centrais nos três livros da série *Jogos Vorazes*. Logo no começo ficamos sabendo por Katniss que todas as pessoas caçariam e pescariam no Distrito 12 se tivessem armas. A maioria só tem facas. Por sorte, Katniss está equipada com o arco e flecha de seu pai (como vemos no começo de *Jogos Vorazes*).

Quando os tributos vão para os Jogos, eles treinam a fim de usar as várias armas que estarão à disposição na arena. Apesar de suas habilidades com o arco e flecha, Katniss se preocupa com o fato de que as crianças de outros distritos saberão matá-la "de vinte jeitos diferentes". Como alguém pode aprender a usar uma faca de maneira que possa enfrentar uma pessoa que passou anos usando uma? É possível aprender a arremessar uma faca em poucos dias de treino antes de ser mandado para arena a fim de competir por sua vida?

Com exceção dos Carreiristas que treinam a vida inteira para os Jogos, a crianças dos Distritos treinam apenas durante três dias. Sim, apenas três dias para aprender a:

- Lançar uma faca.
- Arremessar uma lança.
- Arremessar um machado.
- Usar um arco e flecha.
- Usar uma maça.
- Fazer nós.
- Montar armadilhas.
- Acender um fogo.
- Fazer abrigos.
- Combater corpo a corpo.
- Identificar plantas comestíveis.
- Levantar pesos.
- Usar um estilingue.
- Subir em árvores.

No começo do Massacre Quaternário, Katniss consegue ser rápida e pegar várias armas que estão em volta da Cornucópia. Ela pode escolher entre arcos e flechas, facas de todos os tamanhos, lanças, tridentes, machados, maças, espadas e furadores. Se você estivesse em uma situação tão mortal quanto a dos Jogos Vorazes, iria querer pegar tudo o que pudesse usar, mesmo se não fosse particularmente treinado naqueles itens.

Os leitores não ficam sabendo como crianças mal nutridas, sem preparação nem treinamento com armas conseguem permanecer vivas. Sabemos que muitos tributos são muito inteligentes, uns correm muito rápido, uns sabem como lidar com uma arena de água do mar, outros são bons com facas etc. Cada tributo tem alguma habilidade particular antes de entrar nos Jogos e recebe mais três dias para tentar aprimorar tudo o que não sabe.

Mas lembre-se de que as crianças são escolhidas aleatoriamente em uma loteria. Uma criança fraca fisicamente, que passou fome, com problemas mentais ou retardada, deficiente, muito jovem, doente com algo desde gripe até câncer ou asma (a vasta maioria das crianças, aparentemente), não estaria bem preparada depois de três dias de treino e provavelmente estaria morta uma hora depois de pousar na arena.

Mantendo isso em mente, vamos dar uma olhada em algumas das armas dos Jogos Vorazes, incluindo também a armadilha da pirâmide, minas terrestres, mísseis nucleares, radiação, *bunker* e bombas.

Lançando uma faca

Para se destacar em arremesso de faca, você precisa dominar várias técnicas, como por exemplo: segurar a faca, arremessá-la, fazer giros e rotações, identificar distâncias e alvos. Não é algo que você consiga dominar em três dias, especialmente quando nesse mesmo tempo você precisa treinar tantas outras coisas.

Talvez seja por isso que um dos primeiros tributos mortos em *Jogos Vorazes* é assassinado com uma faca nas costas.

Bem mais tarde, Katniss é ferida por uma faca jogada por Clove, mas ela não morre. Talvez tenha sido por sorte. A testa dela é cortada, e Clove vai para cima a fim de matá-la revelando um grande arsenal de facas em seu casaco. Mas a sorte aparece na forma de Thresh. Se não fosse por ele e sua pedra, Katniss teria morrido por causa de uma faca ali mesmo.

Primeiro temos que dizer que existem muitos tipos de facas e cada uma necessita de uma técnica específica para usá-la. Provavelmente o arsenal de Clove devia ter a maioria das facas descritas neste capítulo. Aliás, vamos considerar que facas de cozinha e de mergulho não fazem parte do arsenal dos Jogos Vorazes. Vamos nos concentrar nas facas usadas para caças, luta e sobrevivência em geral e falar um pouco sobre os tipos mais comuns.

A faca de caça é aquela que você usa para abrir animais que usa para "se vestir". Esse tipo de faca pode ter uma lâmina um pouco curvada, muito curvada ou com alguns dentes. Uma subcategoria da faca de caça é a de esfolar, que pelo nome você pode supor que serve para tirar a pele do animal. Elas têm lâminas curtas e afiadas, às vezes com um gancho na ponta para retirar as vísceras do animal. Em *A esperança*, ficamos sabendo que, para alimentar 800 pessoas, Gale está armado apenas com uma faca de caça, dois pares de arcos e flechas e uma rede de pesca. Não sabemos qual a faca que ele tem exatamente, mas ao ler imaginamos ser uma comum de caça e não uma para arrancar a pele dos animais.

A faca de sobrevivência é resistente e muitas vezes tem um cabo oco com um anel de vedação para impedir a entrada de água. Há facas modernas de sobrevivência muito elaboradas, que podem conter uma grande quantidade de equipamentos no cabo oco: uma ponta para bater em algo, linhas finas de armadilhas ou para pescar, laços de plástico, anzóis farpados, ataduras, fósforos e outros itens. O mais provável é que os tributos competidores dos Jogos usem diferentes tipos de facas de sobrevivência, pois elas podem ser usadas para abrir o mato, cortar madeira e matar, tirar a pele e abrir os animais.

Facas de sobrevivência normalmente são usadas em combate, por exemplo, pela maioria das forças militares ao

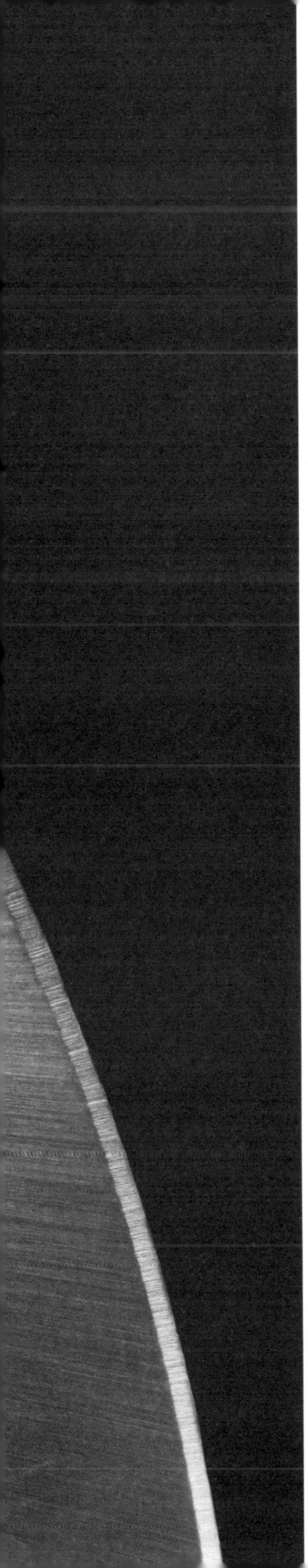

redor do mundo. A Marinha dos Estados Unidos dá facas *ka-bar* a todos os seus soldados. Elas pesam mais ou menos meio quilo, têm uma lâmina de sete polegadas, são feitas de aço e possuem manopla de couro ou de material sintético. Assim como todas as facas, as de sobrevivência têm vários modelos, e é justo imaginarmos que Clove tinha várias desse tipo.

Uma faca utilitária é um nome chique para um canivete. Além de várias lâminas, ela pode conter um alicate e outras ferramentas. Ela é usada para instalações de cozinha, carpetes e outros itens caseiros, para abrir caixas de papelão e também em fábricas e armazéns.

Há também o canivete mais simples que é mais uma faca dobrável com pelo menos três lâminas: uma de serra, uma lisa e uma de furar.

Uma faca de eletricista é isolada para proteger dos choques. Uma dessas teria sido útil quando Peeta acerta a "barreira invisível" em volta da arena do Massacre Quaternário.

Kukri é uma faca de luta e também utilitária com uma grande curvatura.

Uma machete é maior que uma faca e menor que uma espada, sendo pesada o suficiente para abrir caminho pelo mato.

Um canivete borboleta é um tipo de faca que abre e fecha de acordo com o giro que você faz com a mão.

Uma adaga é mais curta, normalmente usada para furar em vez de cortar a carne.

A faca de peixe é usada obviamente para cortar peixes, é bem flexível e tem por volta de trinta centímetros.

Uma faca de arremessar pode ser qualquer uma das descritas acima. Se você estiver desesperado e só tiver uma adaga, provavelmente vai querer arremessá-la. Mas existem algumas facas que as pessoas usam especificamente para arremessar em alvos. Normalmente elas são feitas apenas de aço e não têm cabo, apenas uma lâmina e um lugar para segurar.

O objeto de arremesso pode variar de formato, e as pessoas podem lançar estrelas, como em filmes de espiões. Mas as que vemos em *Jogos Vorazes* provavelmente são facas de sobrevivência.

Você pode segurar a faca de muitos jeitos, mas os três mais comuns são: o método do dedo curvado, o do dedo reto e o de mão inteira.

Vamos descrever o mais comum que é o polegar reto no cabo e os outros dedos abaixo enrolados no cabo. Depois de segurar a faca, puxa-se para cima mantendo o dedo mínimo ainda encostado na ponta dela.

Depois coloca-se o pé direito para trás e o esquerdo para frente. Dobram-se ambos os joelhos, inclinando um pouco mais o esquerdo. Equilibra-se o peso principalmente na esfera do pé direito e estende-se os braços para frente aproximando as mãos uma da outra. A faca ainda deve estar na mão de arremesso.

Balança-se o braço direito (para quem é destro) suavemente para trás e para cima até que a faca esteja um pouco atrás da cabeça. Balança-se o braço em direção ao alvo enquanto o peso é deslocado para que ele repouse diretamente sobre o pé esquerdo. Mantém-se o braço esquerdo firme à frente na posição original de lançamento. Quando o braço direito estiver quase alinhado novamente com o esquerdo, solta-se a faca.

A faca gira em torno do centro de gravidade quando é jogada ao alvo. Isso significa que a lâmina e o cabo irão rodar e se revezarão apontando para o alvo. A lâmina apontará para baixo imediatamente após a faca ser jogada (supondo que o cabo esteja sendo segurado).

Quanto menores as rotações da faca, mais fácil é controlar. A pessoa deve ser capaz de atirar a faca de longe e acertar um alvo com bastante força.

O texto acima é um método extremamente rudimentar de arremesso de faca, e somente com a prática a maioria das pessoas pode realmente atingir alvos em várias distâncias.

Para um exemplo do quão complicado pode ser jogar faca, veja o Hall da Fama dos Arremessadores de Faca Internacionais (www.ikthof.com, em inglês). E mesmo essas regras não refletem a complexidade em razão da variedade de facas, de distâncias e de alvos.

A estrela simples que falamos anteriormente, por exemplo, vem em muitas formas, tamanhos e materiais: existem as japonesas Negishi-ryu shuriken, a estrela de três pontas; Shirai-ryu shuriken, a estrela de quatro pontas; as de cinco, seis, oito pontas; facas de arremesso suíças, alemãs e espanholas; dardos chineses, bumerangues de aço de comprimentos diferentes e com diferentes ângulos entre as duas facas de aço; *bagakays*, que são dardos de madeira de duas pontas, e muitos outros. Até onde sabemos, essas facas exóticas não estão nos Jogos Vorazes, por isso não vamos nos deter a qualquer discussão sobre elas aqui.

Arremessando uma lança

Infelizmente para qualquer Avox tentando fugir de perseguidores da Capital, as lanças são uma ameaça bem real de morte. Lembre-se em *Jogos Vorazes* quando Katniss conta a Peeta de quando ela e Gale notaram uma lança vir de um aerodeslizador e matar um garoto, cujo corpo foi levantado com um cabo preso à lança pelos perseguidores maus da Capital.

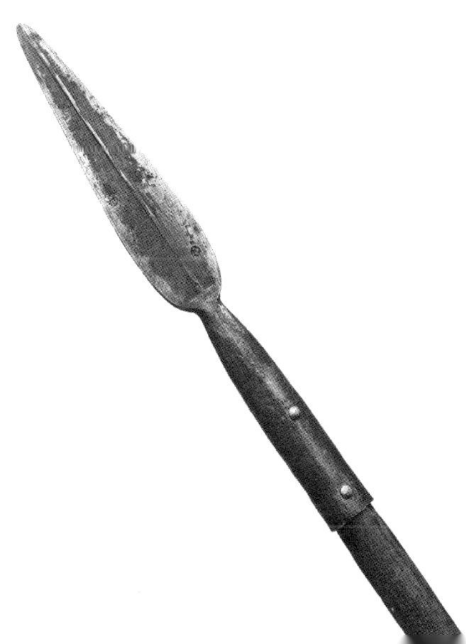

As lanças também fazem parte dos Jogos, e os tributos podem optar por aprender nos treinos como arremessá-las. Katniss assiste a um garoto do Distrito 2 praticar a partir de uma boa distância seus arremessos em um boneco. Um dos primeiros medos dela é ser morta por uma lança ou um bastão em seu primeiro Jogo. Mais tarde, Peeta vem com uma lança para cima dela e para ao ver quem ele está prestes a matar. Provavelmente o pior de todos é quando a pobre Rue morre por causa de uma lança. É uma cena intensa em que a garota do Distrito 11 grita o nome de Katniss antes de o garoto do Distrito 1 matá-la. Ela não consegue chegar a tempo de salvar a amiga e quando atinge o local vê que a lança está enfiada na barriga de Rue. O peso da cena é enorme, pois como leitores sabemos o quanto Rue significa para Katniss e que ela a identifica como sua irmãzinha, como Prim. Mais intenso ainda é que a primeira morte causada diretamente por ela é o garoto do 1. No capítulo oito, ela começa a se perguntar se pode ser chamada de "garota assassina". Será que está programada e dessensibilizada para matar? Tirar uma vida humana é realmente muito diferente de tomar a vida de um animal? Neste ponto, Katniss se sente péssima em relação à morte de outras crianças. Ela percebe que eles têm nomes, famílias, amigos, assim como ela.

Finnick, como já sabemos, também é bom com uma lança, particularmente com um tridente, que é um tipo de lança usada em seu distrito de pesca.

A lança, claro, é uma vareta que tem um cabo e uma ponta afiada. Muitas vezes são feitas de madeira, o que pode ser o caso dos Jogos, mas não sabemos disso, no entanto também podem ser feitas de bambu, obsidiana, bronze ou ferro. Normalmente a ponta afiada é moldada como um triângulo.

As lanças de madeira vêm sendo usadas há pelo menos 400 mil anos. Os neandertais faziam pontas de lanças de pedra 300 mil anos atrás. Os primeiros humanos faziam pontas de lanças complexas há mais de 200 mil anos, e as lanças eram armas populares durante a Idade da Pedra, mas acabaram meio de lado quando as armas de fogo foram inventadas.

É interessante notar que os *pan troglodytes verus*, uma subespécie dos chimpanzés, sabem como fazer e usar lanças. Eles pegavam galhos retos e arrancavam folhas e galhos menores e usavam os dentes para afiar a ponta. Eles utilizavam as lanças resultantes desse trabalho para caçar e matar gálagos.

Lanças lendárias

A lança de três pontas de Poseidon, chamada de tridente, foi dada a ele por Ciclope. De acordo com a mitologia grega, Poseidon criava água ao usar seu tridente e, ao bater na terra com ele, gerava ondas, tempestades e tsunamis.

Trishula, do deus hindu Shiva. Ele sempre segura um tridente em sua mão direita que representa Sattva, Rajas e Tamas, as três tendências do comportamento com os quais Shiva comanda o mundo.

Gugnir, do deus nórdico Odin. Essa é uma lança mágica que sempre acerta seu alvo. *Siegfried*, ópera de Wagner, imortalizou a lança de Odin que vinha de Yggdrasil, a árvore de tudo no mundo.

A Lança Sagrada é a que perfurou o lado do corpo de Jesus quando ele foi crucificado. Ela também é conhecida como Lança de Cristo e Lança de Longino, entre outros nomes. A história conta que, para ter certeza de que Jesus estava morto, um soldado romano chamado Longino enfiou a lança nele.

Lança Octane Serpent, de Zhang Fei durante o período dos três reinos chineses.

Algumas maneiras de usar uma lança:

Durante uma corrida, solta-se a lança quando o pé oposto ao braço do lançamento estiver na frente.

Sacode-se um pouco a lança em vez de apenas enfiar no alvo. A ponta cortará o corpo da vítima e então enfia-se o resto.

Quando está parada, a pessoa move a mão e o pé opostos ao braço de lançamento para frente e então solta a lança.

Arremessando um machado

As técnicas para arremessar um machado são semelhantes às de facas e lanças. Mas, como você deve imaginar, diferem em alguns aspectos. Como mencionado nas seções anteriores, os tributos têm a opção de treinar com os machados antes de competir nos Jogos. Quando Haymitch participou dos Jogos Vorazes, uma garota tentou matá-lo com um machado, que voou sobre um penhasco, bateu em um campo de força, voltou ao campo de jogo, e a matou. Se não fosse por esse machado e o movimento inteligente de Haymitch, que se abaixou sabendo que o machado atingiria o campo de força e voltaria, ele teria morrido. E é essa pista dos jogos de Haymitch que ajuda a salvar Katniss mais tarde.

Em uma das muitas cenas de banhos de sangue da trilogia *Jogos*

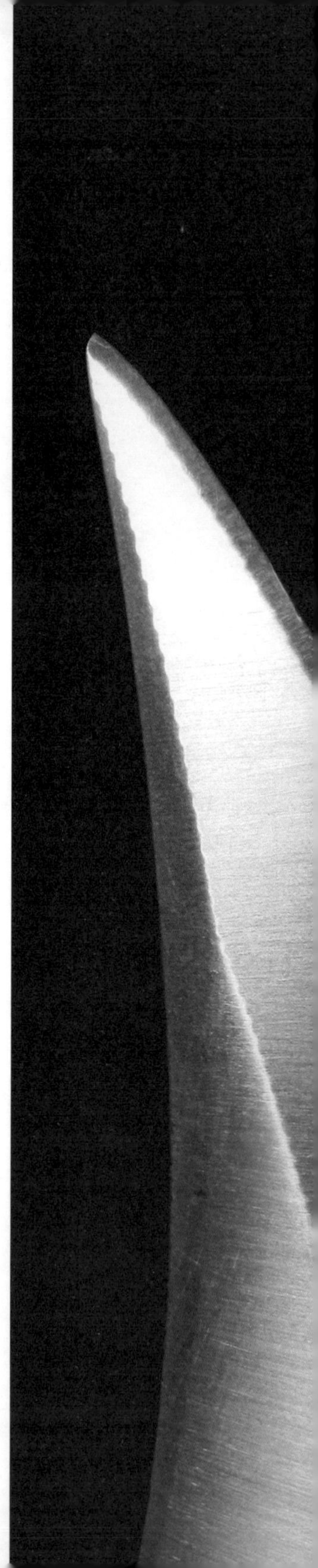

Vorazes, Johanna enfia um machado no peito de Cashmere, enquanto Finnick salva Peeta da lança de Brutus, mas acaba recebendo a investida da faca de Enobaria, que fura sua perna.

Como observado anteriormente, as armas como facas, lanças e machados são centrais para a série. Da mesma forma que as outras duas ferramentas, machados são usados desde a aurora dos tempos. Os primeiros machados conhecidos tinham cabeças de pedra com cabos de madeira. Mais tarde, outros foram feitos de tanoeiro, bronze, ferro e aço. Os modernos tendem a ter cabeças de aço e cabos de madeira.

O FOLCLORE DOS MACHADOS

Desde o fim do período neolítico, os machados têm significados espirituais para muitas pessoas. Por exemplo, foram encontrados machados que claramente não tinham sido usados em lutas ou guerras, provavelmente eram apenas oferendas para os deuses. Pregadoras usavam machados duplos em cerimônias religiosas da civilização monoica, em Creta.

Já para os primeiros romanos, os machados eram símbolos de execução e, mais tarde, tornaram-se símbolo da Itália fascista de Mussolini.

No folclore, as pessoas acreditavam que os machados de pedra eram trovões que os protegiam dos raios. Para proteger suas colheitas das tempestades, as pessoas colocavam machados de aço em seus campos.

O machado de batalha é provavelmente o mais comum a ser usado como arma e, comparado a uma lança, a uma faca ou a uma espada, pode penetrar mais facilmente uma armadura.

Outros famosos são o *tomahawk* usados pelos índios norte-americanos e o *ono* dos japoneses.

Já os machados de arremesso, normalmente, são menores do que os outros e feitos totalmente de metal, podendo infligir um grande dano ao adversário.

Usando um arco e flecha

Arcos e flechas... os combates, a caçada, e a escolha prazerosa de Katniss Everdeen. Se não fosse por sua destreza com arcos e flechas, a família dela não sobreviveria à fome, ela não escaparia com vida dos Jogos e a maioria de seus amigos estaria morta.

Apesar de serem sua arma preferida, os arcos e flechas são ilegais, e enquanto ela os esconde na floresta também nos conta quão raro eles são, como os funcionários teriam "executado publicamente" seu pai "por incitar uma rebelião" se os tivessem encontrado.

O arco e flecha ajuda ainda a salvar a mãe dela da depressão profunda que sofre desde que perdeu seu marido na explosão de uma mina. Katniss, sua mãe e Prim estavam morrendo de fome e sem carne por meses quando Katniss mata sua primeira presa com o arco do pai, o que desperta algo em sua mãe, um vislumbre de esperança. A carne, um coelho, lembrou sua mãe da vida antes de seu marido ter morrido. Infelizmente, quando alguém está deprimido, é preciso mais que um punhado de memórias para se libertar, e a mãe de Katniss afunda rapidamente de volta em uma depressão profunda.

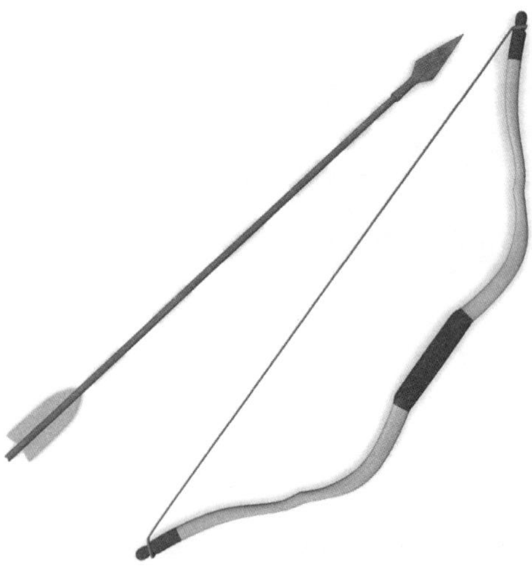

Em termos bem básicos, um arco é composto por uma tira de madeira flexível cujas extremidades

são ligadas por uma corda. Ao escolher um arco, é preciso ter em mente que a força da puxada é o peso necessário para atirar com aquele arco. Portanto, a força do arqueiro é um fator primordial na determinação do peso do arco. Um arco mais pesado é mais poderoso, pois as flechas podem ir mais longe e atingir uma velocidade maior.

Além disso, o tamanho real do arqueiro faz a diferença: se os braços são longos, ele pode puxar a corda mais para trás, assim as flechas vão voar mais longe e mais rapidamente. Se é preciso segurar o arco para o alto a fim de conseguir equilíbrio e mira, então o arco é muito pesado. Se os músculos tremem quando o arqueiro puxa a corda, então o arco é muito pesado.

Atirar flechas em um campo aberto ou em uma floresta enquanto se está caçando ou mirando em outros tributos é bem diferente de atirar em um alvo de treino. Para começar, puxar a corda do arco suavemente vai se tornando bem difícil quando se está cansado de correr e caçar, além do frio e da tensão. E se é uma caçada até a morte, como em *Jogos Vorazes*, a exaustão e o estresse aumentam com o uso de um arco que não foi feito sob medida para a força, o peso e o corpo do arqueiro, o que pode levar à morte. Além disso, usar um arco durante muito tempo pode desencadear tendinites crônicas e bursites, doenças comuns em arqueiros que usam o peso correto de puxada. Com um peso incorreto, as lesões de ombro e cotovelo se intensificam. A maneira como Katniss consegue lidar com essas coisas em seus dois Jogos é algo realmente incrível.

O comprimento de um arco é determinado pelo tamanho dos braços do arqueiro e a largura de seus ombros. Essa deve ser a distância entre o arco e a corda quando você o segura com a corda esticada ao máximo. As flechas, em geral, são mais curtas ou mais compridas do que essa distância.

O arco também pode ter estilos diferentes, por exemplo:

- Curvado. Este tipo de arco é mais barato do que a maioria dos recurvados e pode servir tanto para um destro quanto para um canhoto. Esse é o arco mais usado pelos iniciantes atualmente.
- Curvatura dupla.
- Assimétrico.
- Quatro curvaturas.
- Triangular.
- Arco composto. Ele tem cabos e polias para facilitar o uso e é o que os caçadores modernos utilizam. Até onde sabemos o arco de Katniss não tem esses itens nem mira, estabilizador e outras modernidades, portanto o dela não é o mesmo usado nos dias de hoje.

Arcos simples são feitos de apenas um tipo de material, em geral de madeira. Arcos revestidos têm o suporte de um material resistente para dar mais força. Muitas vezes o material do revestimento é outro tipo de madeira. Arcos laminados são feitos a partir de três ou mais tipos de materiais, embora geralmente eles sejam de madeira. Arcos compostos são feitos de três camadas de diferentes materiais como madeira, tendões e chifres. Arcos modernos recurvados podem ter núcleos de madeira revestidas por carbono e fibra de vidro laminados.

As cordas dos arcos são feitas de todos os tipos de materiais: tendões, linho, cânhamo, algodão, rami, seda etc.

No centro de treinamento para os Jogos, Katniss encontra uma grande variedade de arcos de todos os tipos de materiais, alguns tão exóticos que ela não consegue identificar. As flechas são perfeitas. Mas o campo de treinamento não é nada para ela, pois oferece apenas silhuetas de humanos e alvos.

Os arcos são diferentes daqueles com que ela está acostumada e num primeiro momento sua habilidade não é posta em prática por causa da tensão no arco. No entanto,

depois de muito treino, a mira dela volta a ficar afiada. Isso faz muito sentido porque, na realidade, a elasticidade do arco afeta diretamente o lançamento das flechas. Quando você puxa as cordas do arco, a energia potencial é armazenada na curva. Quando solta, a corda é liberada e a energia potencial se transforma em movimento de um projétil.

Nos Jogos um tributo teria que usar qualquer arco que achasse, e seria impossível treinar ou se acostumar com ele em uma situação de risco de morte. Se a pessoa for baixa, um arco pode ser muito pesado ou muito grande para segurar. Se for alta, um arco pode ser pequeno demais para uma boa pegada e soltura da corda. Se a pessoa não tiver músculos suficientes nos braços, nos ombros e nas costas, pode não ser capaz de usar um arco maior ou mais pesado. Então Katniss tem realmente muita sorte durante os Jogos Vorazes e no Massacre Quaternário ao encontrar arcos que se encaixam ao seu tamanho e às suas características físicas.

Para os tributos sem a experiência de Katniss com o arco e flecha, os Jogos se provaram mortais. Lembra-se de Glimmer? Ela tentou acertar Katniss com flechas, mas sem muita habilidade.

Por volta de 16 mil a.C., os povos antigos usavam pontas de sílex e colocavam penas em suas flechas, o que prova que as pessoas têm usado flechas para caçar e se proteger desde os tempos mais antigos. Quanto aos arcos, foram achados fragmentos datados de aproximadamente 8000 a.C., mas que acabaram sendo perdidos durante a Segunda Guerra Mundial. Fragmentos datados de 6000 a.C. ainda existem e se encontram na Dinamarca.

Pinturas em cavernas mostram pessoas usando arcos entre 10000 e 5000 a.C., e os mais recentes de que se tem notícia eram feitos de madeira e tinham tamanhos e formatos diferentes.

Da mesma forma que os arcos, as flechas também existem em muitos tamanhos e formatos, tendo em geral as seguintes partes:

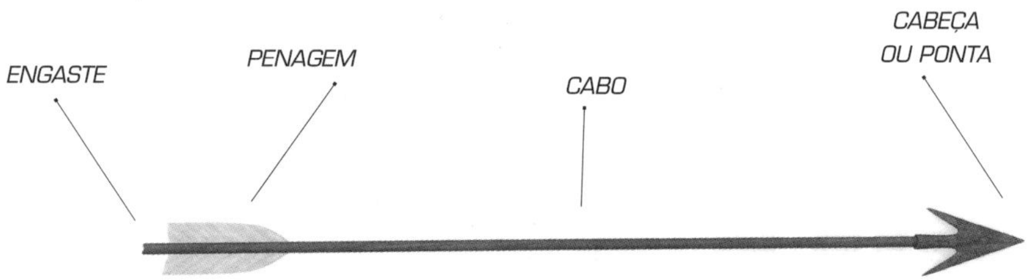

As cabeças de flecha mais famosas foram criadas na Idade da Pedra e são: losango, farpada, andorinha, triangular, folha e cinzel.

O formato do cabo da flecha é importante para sua projeção na direção do alvo. Ele deve ser flexível, mas não demais. Se for muito duro, irá desviar para os lados ao voar e errará o alvo. E se não for firme o suficiente, irá continuar dobrando ao voar e desacelerar.

Outra coisa importante é o tipo de flecha que você usa. Flechas de madeira são as mais comuns. As de fibra de vidro quebram facilmente, mas podem ser adaptadas ao tamanho e ao peso de puxada do arqueiro. As de alumínio são duráveis e podem usar pontas de flechas diferentes, mas são caras. Flechas de carbono e alumínio de carbono são muito caras, mas também são muito rápidas em uma luta.

O engaste ou encaixe da flecha no arco é fundamental para o desempenho de um arqueiro em acertar seu alvo. Normalmente é um pequeno pedaço de plástico que é colocado na extremidade do arco ou colado diretamente sobre ele. Deve caber confortavelmente na corda, mas ser solto o suficiente para permitir que a flecha voe bem quando você soltá-lo.

Se o engaste for torto, você pode mirar com perfeição e ainda assim errará o alvo. Um engaste um pouco desalinhado é o suficiente para fazer a flecha ir para o lado e errar o alvo. Estabilização aerodinâmica da flecha (ou *fletching*) refere-se à penas ou palhetas de plástico na ponta da flecha. As mais comuns são as de pena feitas a partir das asas de um peru. Enquanto as palhetas podem ser mais duráveis e silenciosas

do que penas, estas últimas são muito mais eficazes quando se usa um arco que não é perfeito para você.

Assim, no caso dos Jogos, seria uma vantagem para Katniss usar arcos com estabilizadores de penas e não com palhetas de plástico.

Talvez os aspectos mais interessantes de arcos e flechas na trilogia sejam encontrados no terceiro livro, *A esperança*. Quando se preparava para o combate, Katniss usava armas cheias de "miras e engenhocas".

As miras são anexadas aos arcos para permitir que se acerte melhor o alvo. E igual a tudo que se relaciona com arcos e flechas, elas vêm em muitos tipos. Por exemplo, uma mira de laser projeta um ponto vermelho no alvo, assim você pode localizar exatamente onde quer acertar antes de soltar a flecha.

Para os iniciantes, as miras são úteis para reduzir a ansiedade causada por matar animais. Elas permitem que você se concentre no ponto vermelho em vez de no animal. É triste, mas verdadeiro.

É improvável que Katniss preferisse todas as engenhocas em vez do material que já estava acostumada a usar. Às vezes, se tem que pensar muito sobre o que e como mexer, você perde o foco de seu objetivo principal, que é matar rapidamente seu alvo. Se um animal está correndo para longe por um matagal, por exemplo, sentido é melhor fazer o que Katniss sempre fez: posição de deslocamento rápido, mirar e disparar sem pensar demais na situação.

Além da sofisticação dos arcos e flechas encontrados em *A esperança*, o arco de Katniss reconhece a voz dela. Ele parece um melro para ela e é sensível, pois vibra. Quando ela diz "boa noite" para o arco, ele desliga suas habilidades especiais.

Programas de reconhecimento de voz são comuns hoje em dia para converter fala em textos digitais. Apesar de o programa aprender a reconhecer a voz de uma pessoa em particular, muitas vezes ele é bem fraco para reconhecer as de outras pessoas.

As flechas também são algo que Katniss nunca tinha visto. Elas explodem, têm pontas mais afiadas e também podem causar incêndios. Mas com um simples "boa noite" para o arco as flechas voltam a parecer comuns.

Qualquer um que tenha visto o filme *Rambo* se lembra de flechas explosivas, que também são muito comuns em quadrinhos e filmes de ação, mas provavelmente ninguém consegue ganhar do Arqueiro Verde, que usa flechas malucas que podem conter, por exemplo, ácidos corrosivos, uma pequena ponta de bomba atômica, um aparelho de congelar o alvo, cortadores de gelo, fogos de artifício, algemas e muitos outros apetrechos.

É possível fazer cabeças de flechas explosivas e também incendiárias, mas no caso dos arcos e flechas super, hiper, megamodernos de Katniss ela não tinha o trabalho de fazer, elas já estavam prontas.

Um último comentário sobre arcos e flechas: eles são tão importantes para Katniss que ela pensa que são praticamente uma extensão de seu corpo. Ela usa essa arma sem pensar, sendo tão rápida que decide instintivamente atirar e então mira e imediatamente acerta seu alvo. Sem o arco e flecha, seria difícil pensar nela do mesmo jeito, não é mesmo?

Por exemplo, quando os Idealizadores dos Jogos babam em cima de um porco assado, ela tem um grande ato de rebelião ao acertar uma flecha na boca do porco. Esse é um belíssimo momento do livro, absolutamente soberbo! Esse ato mostra o melhor de Katniss: quão brava ela está em relação aos Jogos em geral, à natureza repressora da Capital sobre os cidadãos de Panem, às frustrações de sua vida terrível, e como ela lutaria contra a Capital se tivesse meia chance sequer. Essa cena é uma previsão de tudo o que virá pela frente, especialmente a grande rebelião em *A esperança*. E é um grande exemplo da ótima trama e do belo desenvolvimento de personagens feito pela autora Suzanne Collins.

Usando uma maça

No começo de *Jogos Vorazes* ficamos sabendo que os tributos tinham apenas "horríveis maças com pregos" como armas. E como já mencionado antes, nos treinos os tributos podiam aprender a usar as maças para se proteger e matar seus oponentes. E isso seria mesmo bem útil, pois Katniss encontra maças no meio de várias outras armas na Cornucópia do Massacre Quaternário.

Qualquer um que goste de jogos de luta de *video games* já viu maças com pregos. Lembra-se de Dynasty Warriors 2?

Uma maça é basicamente um bastão com uma bola pesada na ponta que pode ser feita de pedra, aço, ferro e bronze e em geral tem umas pontas, nós ou pregos para infligir mais dano ao adversário. Maças usadas por lutadores a pé, como os tributos, podem ter até um metro de comprimento. Criada por volta de 12000 a.C. para matar pessoas, raramente são usadas nos dias de hoje. Quando as pessoas aprenderam a usar armaduras de couro para absorver o impacto das armas, as primeiras maças feitas de madeira e com pedras na ponta se tornaram menos populares. Então vieram as de tanoeiro e bronze, e as maças ficaram muito mais mortais.

Os primeiros egípcios usaram bastante as maças e depois de um tempo trocaram as cabeças de pedra pelas de tanoeiro e depois de bronze. Os romanos não usavam maças, provavelmente por causa de suas armaduras e da formação de seus exércitos.

Usando um estilingue

Um dos personagens que mais partem o coração de todos na trilogia *Jogos Vorazes* é a pequena Rue, de 12 anos, do Distrito 11, que faz Katniss se lembrar de sua irmãzinha Prim. Rue é tão pequena e frágil que parece ser mais nova ainda. Katniss acaba se tornando bem próxima dela nos Jogos e, como já mencionamos aqui, uma das partes mais tristes de todos os livros é a morte dela. Uma das habilidades de Rue é conseguir acertar os alvos muito bem com um estilingue.

Todos sabemos que um estilingue é basicamente um pedaço de elástico ou outro material usado para lançar objetos como pedras. Normalmente você tem um cabo de madeira ou plástico em formato de Y e um elástico amarrado nas duas pontas. Então é só colocar um objeto, puxar o elástico e lançar.

Armadilha de pirâmides e minas terrestres

No primeiro livro, Cara de Raposa avança em direção à pirâmide, pulando sobre os barris e evitando o que podem ser minas terrestres no chão e outros obstáculos mortais. Os Carreiristas armaram para que alguém como a Cara de Raposa achasse que podia pegar os suprimentos deles sem ser morta. Quando Katniss atira uma flecha em um saco de maçãs, todas as minas que estão naquela área acabam explodindo.

As minas terrestres são comuns em guerras e podem ser detonadas por qualquer coisa, como a pressão de um pé

ou outro objeto sobre elas, uma flecha, sons, vibrações e até mesmo magnetismo em alguns casos.

Os dias sombrios, bombas, mísseis nucleares e a radiação

Os dias sombrios do mundo de *Jogos Vorazes* podem se referir a uma guerra nuclear depois do derretimento das calotas polares. Minha teoria sobre isso está no capítulo 1. Não temos como determinar como ocorreu o apocalipse, mas sabemos que Distrito 12 "é basicamente o fim da linha" e que o Distrito 13 foi destruído por bombas tóxicas.

Igual a muitos outros cenários de "fim do mundo", os sobreviventes do Distrito 13 se escondem no subterrâneo, mas no caso deles, este espaço é mais do que um mero abrigo de bombas: é um labirinto cheio de maquinário, agricultura, hospitais, moradias, muitos elevadores e muitos andares.

Esse conceito se espelha na mania dos abrigos antibombas da década de 1950, quando os governos, as escolas e as famílias tinham porões e abrigos subterrâneos para o caso de uma guerra nuclear ser deflagrada. Também se parece com muitas cidades subterrâneas mostradas em filmes e *animes* pós-apocalípticos.

Depois da Segunda Guerra Mundial, os Estados Unidos criaram um órgão para ajudar as pessoas a se preparar para uma possível guerra nuclear. Havia uma literatura de sobrevivência que ensinava como construir abrigos. E eles eram erguidos com proteção contra radiação e feitos de concretos com paredes bem grossas, mas a maioria deles provavelmente não teria ajudado no caso de um ataque nuclear maciço.

Alguns *animes* pós-apocalípticos

Animes e *video games* estão recheados de cenários pós-apocalípticos. Abaixo vão apenas alguns exemplos, mas existem muitos outros:

AKIRA: Em uma Tóquio pós-apocalíptica, gangues lutam o tempo todo e levam o herói Tetsuo para o exército.

EVANGELION: O Segundo Impacto destrói Tóquio e transforma a cidade em um campo de batalha de Anjos. Adolescentes precisam comandar máquinas gigantes meio humanas para derrotá-los.

APOCALIPSE ZERO: Também se passa em Tóquio após o apocalipse, quando um irmão e uma irmã têm que lutar para proteger ou destruir a humanidade.

HOKUTO NO KEN: RAOH GAIDEN DEZ NO HAOH. Guerra nuclear destrói a maior parte da humanidade, e os guerreiros usam artes marciais para sobreviver.

CITY DEMON SHINJUKU: Um garoto deve derrotar os demônios em uma Tóquio pós-apocalíptica a fim de trazer a paz ao mundo violado.

ICE: Uma estação espacial cai na Terra e mata todos os homens. As mulheres sobreviventes lutam contra o bioterrorismo e procuram descobrir a verdade sobre o ICE, uma tecnologia que pode lhes permitir ter bebês do sexo masculino novamente.

TÓQUIO UNDERGROUND: Calouros do ensino médio encontram uma cidade subterrânea onde os Usuários Elementais controlam a água, o fogo, o magnetismo e outras forças fundamentais da natureza.

CHROME SHELLED REGIOS: Monstros raivosos atacam um mundo pós-apocalíptico que abriga uma cidade móvel dentro de uma cúpula.

RAHXEPHON: Para decidir o destino da humanidade, alienígenas lutam contra um garoto que controla um *mechadroid* em um mundo pós-apocalíptico.

SHINZO: Enterrans geneticamente alterados atacam seus criadores, a humanidade, e os poucos sobreviventes estão alojados em um santuário.

FINAL FANTASY: The Spirits Within. Monstros conhecidos como Phantoms invadem o planeta e matam quase toda a vida humana. Algumas cidades estão espalhadas ao redor da Terra com barreiras que os afastam uns dos outros.

GIGAMESH: Um ataque terrorista destrói o planeta, e um irmão e uma irmã descobrem que seu pai era o terrorista.

GENESIS SURVIVOR GAIARTH: Depois de uma guerra total, a humanidade está quase varrida da face da Terra, com os sobreviventes polvilhados através de uma paisagem pós-apocalíptica estéril. Robôs e máquinas meio humanos sobrevivem por lá.

Muitos, mas muitos outros.

Nos *Jogos Vorazes*, ficamos sabendo que a elaborada cidade subterrânea do Distrito 13 já estava lá antes do apocalipse. Com medo da guerra ou da destruição completa da atmosfera terrestre, os líderes governamentais planejaram fugir para sua cidade subterrânea e deixar o povo acima para morrer.

No mundo real, sabemos que o presidente norte-americano Eisenhower construiu um grande abrigo que caberia 50 pessoas da equipe presidencial em um lado e 150 pessoas responsáveis pela defesa do país em outro. O Congresso também teria um abrigo que protegeria deputados e senadores, e é provável que haja outros espalhados pelo país para proteção de pessoas do governo. Seria ingenuidade achar que outros países também não fizeram o mesmo.

Talvez se um dia as bombas nucleares forem lançadas, todos nós morreremos e os únicos sobreviventes serão um punhado de políticos. Até que esse é um pensamento animador.

As bombas e os mísseis são armas básicas da Capital. Nos livros era muito fácil os aerodeslizadores surgirem e bombardearem um distrito até acabar com ele. E Suzanne Collins tece brilhantemente o horror pessoal e a empatia na narrativa para tornar os bombardeios e a destruição ainda mais articulados. Por exemplo, é difícil não se sentir triste por Twill, cujo marido foi morto por uma bomba, e por Bonnie, que perdeu a família toda.

Uma bomba não nuclear também é muito perigosa. Uma vez lançada, ela pode explodir no céu e fazer várias minibombas atingirem uma cidade (ou um distrito). E ainda podem conter agentes químicos ou biológicos dentro delas.

As piores coisas que poderiam acontecer com Katniss são: a) perder a família e aqueles a quem ama e b) perder sua casa, que é o Distrito 12. De fato, ela acaba perdendo a irmã, o que fere também o leitor, e sua casa no fim do Massacre Quaternário, quando a Capital lança bombas incendiárias sobre o Distrito 12.

Quando a guerra explodiu no terceiro livro da série, a Capital mandou esquadrões de bombardeio na esperança de acabar com a rebelião. De algum jeito, Katniss consegue acertar uma flecha em um aerodeslizador, que pega fogo. É muito divertido, mas é improvável que alguém conseguisse atirar uma flecha do chão em uma aeronave e causar uma explosão, mas acreditamos nisso porque a história é boa e queremos crer que Katniss é a grande heroína que pode fazer qualquer coisa com seu arco e flecha.

O desenvolvimento nuclear continua no Distrito 13 e é supostamente por causa disso que a Capital permitiu que eles sobrevivessem. Como mencionamos antes, o medo de um apocalipse pós-nuclear é parecido com o que acontecia entre Estados Unidos e União Soviética na década de 1950.

Tanto o Distrito 13, os construtores das bombas nucleares, quanto a Capital, o império do mal, estão em um impasse. Se um atacar com bombas nucleares, o outro revidará. Consequentemente a Capital mantém seu arsenal em algum lugar "a oeste" e deixa o Distrito 13 com seu estilo de vida subterrâneo.

E essas armas nucleares são iguais às que temos no mundo real: se forem usadas, de acordo com a presidente Coin, elas matariam todos, por causa do impacto ou por espalhar radiação pelo meio ambiente. Mísseis destruidores de abrigos, tanto nucleares quanto normais, penetrariam fundo no subterrâneo do Distrito 13 e depois explodiriam.

Boa parte da destruição da Capital e seu governo pelos rebeldes se deve ao bombardeio da Noz no Distrito 12, uma fortaleza em uma montanha que é a casa dos equipamentos militares do império do mal. A Noz tem computadores, armas, suprimentos militares e caminhos de entrada e saída para aerodeslizadores com bombas e mísseis, mas as bombas nucleares são mantidas em outro lugar, nos limites da Capital.

No filme *007: só se vive duas vezes,* o vilão Ernst Stavro Blofeld tem uma fortaleza em uma montanha e está tentando começar uma guerra nuclear entre EUA e URSS ao sequestrar naves espaciais e astronautas dos dois países e culpar o outro. Há claramente muitas semelhanças entre essa fortaleza e a Noz de *Jogos Vorazes*.

Enquanto lia *A esperança*, comecei a pensar em algumas coisas. Primeiro que armas nucleares se deterioram com o tempo e precisam de manutenção e de reabastecimento. E é necessário, exatamente pelo reabastecimento, um reator nuclear, que não pode ser subterrâneo. Por isso não consegui entender como o Distrito 13, o "construtor de armas nucleares", era capaz de manter e reabastecer suas armas nucleares. O povo desse distrito não vai à superfície, então onde está o reator nuclear?

Assumindo que o Distrito 13 tem acesso a um reator e com isso pode mesmo construir mais bombas nucleares, então, como Katniss pergunta logo no começo do terceiro livro, por que eles não ajudam todos os outros? E mais, dada a facilidade com a qual eles detonam a Noz em *A esperança*, quando acabei de ler o livro, fiquei imaginando por que o Distrito 13 não detonou a Noz anos atrás. Ficamos sabendo pelos livros que durante os Dias Sombrios a Capital e o Distrito

13 tinham armas nucleares e por isso a Capital concorda em deixar o Distrito 13 em paz, desde que eles permaneçam no subterrâneo. Eles então escondem o fato de o Distrito 13 existir. Mas se foi tão fácil para eles agora (no tempo de Katniss) pegar seus aerodeslizadores e bombardear a Noz, então por que não fizeram isso anos atrás? De alguma forma, a explicação de Boggs (no começo de *A esperança*) de que eles tinham medo de usar armas nucleares e acabar com a vida humana e que não estavam prontos para atacar a Capital não me agradou, pois nos dias de hoje o risco nuclear é o mesmo. E também não parece razoável o fato de eles mal terem conseguido sobreviver dadas as tecnologias complexas que têm (aerodeslizadores melhorados, gerador de energia, aquecimento, comida, purificador de água, armaduras e muito mais). O Distrito 13 poderia muito bem começar ajudando um distrito, depois outro e assim chegar até perto da Capital décadas atrás.

Mesmo depois de ler três vezes o último livro, continuei perplexa com esse aspecto da série. Da primeira vez que li, pensei que talvez o Distrito 13 tivesse uma parceria com a Capital e por isso não tinha mandado armas para os outros distritos antes.

Também fiquei imaginando: como uma sociedade subterrânea treina seus pilotos? Seria bem difícil voar com um bombardeiro pela primeira vez se você morou sua vida toda embaixo da terra.

É claro que esses pontos são meros detalhes. Como um todo, a série é um incrível feito literário. *Jogos Vorazes* é brilhante. *Em chamas* tem imagens de técnica notável e momentos comoventes, e *A esperança* é um banquete horrível de violência que nos leva a um final agridoce. A rebelião tinha que ocorrer em algum momento da época de Katniss ou então não ficaríamos satisfeitos com o fim da história. No fim os leitores devem deixar de lado a descrença durante a leitura de ficção científica e fantasia. Se há pontas soltas que parecem um pouco desconexas ou ilógicas, dizemos a nós mesmos que a história foi um bom passeio, os livros foram muito bem

escritos, amamos certos personagens e as histórias tiveram um impacto profundo e emocional. O que mais queremos?

Previsões do fim do mundo

793 d.C., Espanha

O bispo Elipandus de Toledo escreveu sobre um pânico apocalíptico na véspera da Páscoa, em que o Beato de Liebana proclamou que o mundo acabaria naquela noite. As pessoas ficaram frenéticas e jejuaram durante a noite toda, acreditando que a morte os levaria a qualquer momento. Ao amanhecer, todos perceberam que ainda estavam vivos, o mundo não tinha terminado e agora podiam comer, beber e se divertir novamente.

806-992 d.C.

806 d.C., o bispo Gregório de Tours calculou que o fim do mundo ocorreria entre 799 d.C. e 806 d.C. A qualquer segundo...

848 d.C., Thiota, uma profeta do sexo feminino, estava certa de que o fim do mundo ocorreria naquele ano. A qualquer segundo...

950 d.C., Adso de Montier insistiu com o rei Otto da Alemanha que o fim do mundo era iminente, que o Anticristo se levantaria e destruiria os reis Francos. A Europa entrou em um frenesi apocalíptico.

970 d.C., os nerds mais nerds de todos, os Lotharingians mexeram em um monte de números e determinaram que 25 de março de 970 era exatamente o dia que marcava o fim de todos os tempos.

992 d.C., Bernard da Turíngia calculou que o fim do mundo ocorreria naquele ano. A qualquer segundo...

6. TORTURA E EXECUÇÃO

Que jeito de partir

Além da tortura com a falta de comida e a arena de gladiadores cheia de armas monstruosas, os Pacificadores, Prefeitos e outros oficiais da Capital têm uma gama de métodos de torturas excruciantes que são usadas para intimidar as pessoas, deter possíveis levantes e punir supostos traidores.

Como a tortura tende a deixar as pessoas em estado de choque e as lançar em uma espiral de medo e terror, não é surpresa que Peeta basicamente perca a cabeça e que Katniss sofra de pesadelos constantes. Os dois têm uma ligação tão forte que os pesadelos dela são um frenesi de cenas de tortura nas quais Peeta está sendo mutilado, espancado, queimado, afogado e levando choques (isso se passa no começo de *A esperança*). Suzanne Collins declarou que seu pai sofria de pesadelos terríveis depois que voltou do Vietnã e que quando era criança ela o ouvia gritar à noite. Em grande parte, é a mudança de comportamento de Peeta, de um garoto amável, feliz, tranquilo e que faz tudo pelos outros para um rapaz zangado e aterrorizado, o que atrai Katniss.

Ela tem empatia por ele e se sente responsável, talvez apenas por amizade, em ajudá-lo, mas como ele não consegue distinguir a realidade daquilo que se passa em sua cabeça e, também, pelo fato de estar convencido de que ela é o inimigo e precisa morrer, Katniss trava uma luta para ela conseguir ajudá-lo. E seus pesadelos continuam. Vemos a verdadeira beleza da personagem dela à luz de sua bondade profundamente enraizada, sua lealdade e sua preocupação verdadeira. Se Peeta tivesse permanecido como o rapaz doce, agradável, amável e fácil de conviver, o leitor não teria conseguido ver Katniss com a mesma profundidade.

Alguns dos métodos para infligir dor e executar vítimas que a Capital usa para manter seu poder sobre os cidadãos são:

- Mutilação e corte de partes do corpo.
- Espancamentos e chicotadas.
- Afogamento.
- Choques elétricos.
- Queimaduras.
- Enforcamentos.
- Sequestro psicológico (e tortura pelo medo).

Vamos examinar cada método utilizado pelos líderes de Panem e depois falaremos do medo que surge relacionado a uma tortura.

Mutilação e corte de partes do corpo

O exemplo mais óbvio dessa forma de tortura são os Avoxes, supostos traidores cujas línguas foram arrancadas para que não falassem nunca mais. Como essa tortura é introduzida cedo na série *Jogos Vorazes*, ela acaba causando um grande

impacto nos leitores, que não estão esperando por uma coisa horrível dessas em um livro para adolescentes. E é claro que as torturas e a violência só pioram durante a trama, mas não estamos acostumados a ler coisas duras assim no começo de uma série. Katniss e Peeta encontram um Avox pela primeira vez quando veem Lavinia na Capital (no começo de *Jogos Vorazes*). Mais tarde dois Avoxes esperam por Katniss e ela percebe que um deles é Darius, um Pacificador do Distrito 12 que havia salvado Gale uma vez (no livro *Em chamas*). A mutilação de Darius fere Katniss ainda mais do que a de Lavinia. Quando os dois encostam rapidamente as mãos embaixo da mesa, o leitor sabe que ela sente a dor dele e que gostaria de salvá-lo. Mas também sabemos que a autora está mostrando ali o destino terrível que ele terá nas mãos da Capital.

Infelizmente para o pobre Darius a previsão é verdadeira, pois Peeta acaba assistindo a oficiais do governo torturando Darius e Lavinia até a morte, usando uma grande variedade de técnicas: choques elétricos, espancamentos, que falaremos ainda neste capítulo, e corte de membros. Não ficamos sabendo quais partes são cortadas nem que tipo de instrumentos eles usam. De forma esparsa, descobrimos que a tortura de Darius durou dias até que ele morresse, então só podemos cogitar o pior.

Como você pode imaginar, ter a língua arrancada da boca pode ser algo excruciante. Nos tempos antigos, os torturadores usavam ferramentas chamadas de abridores de boca e arrancador de língua para punir os acusados de heresia e blasfêmia. Primeiro o torturador amarrava a vítima. Depois enfiava as placas do abridor de bocas nos lábios da pessoa deixando a boca bem aberta com a língua claramente exposta.

Então o torturador pegava o arrancador de língua, que parecia tesouras bem afiadas e pontudas com um grande parafuso prendendo tudo. O torturador cortava a língua em sua base e, se precisasse de mais força para cortar o músculo, era só apertar o parafuso.

Sobre o corte de outros membros do corpo, como mencionamos, não ficamos sabendo como isso foi feito em *A esperança*, e não é o foco deste livro entrar no vasto campo de possibilidades que existem. Vamos apenas torcer para que não tenha sido a Tortura Chinesa da Morte por Mil Cortes.

Morte por Mil Cortes

Usada pelos chineses por aproximadamente mil anos, a Morte Por Mil Cortes era um método lento de tortura que consistia em cortar pequenas partes do corpo da pessoa até que isso levasse à morte, não importando quanto tempo levasse. Era aplicado tipicamente como punição para os piores crimes, incluindo traição. No caso da Capital, a suposta traição de Darius o qualificaria para a tortura. A técnica requeria que a vítima fosse bem presa em público antes dos cortes começarem. Assim todos poderiam ver a humilhação, dor e morte muito lenta. Eram usadas facas para cortar pedacinhos e nacos da carne da pessoa. Esse era um método bem efetivo para desencorajar as pessoas a cometer o mesmo tipo de crime.

Espancamentos e chicotadas

Os pobres Darius e Lavinia também são espancados durante sua última tortura nas mãos da Capital. Mas os espancamentos e as chicotadas são algo comum em Panem e são distribuídos livremente pelos Pacificadores e por outros oficiais. Por exemplo, de acordo com Rue, se alguém fosse pego comendo nos campos de agricultura a pessoa era chicoteada em público. E Gale também recebe tantas chicotadas que suas costas ficam em carne viva.

Da mesma forma que na Idade Média, o método de Panem consiste em amarrar os punhos da pessoa em um poste, normalmente em praça pública, e então chicotear até que a vítima desmaie de dor.

Os espancamentos também são uma forma comum de tortura. Não só ainda lemos a respeito de espancamentos ocorrendo ao redor do mundo nos dias de hoje, de multidões à policiais e soldados, como também já lemos todo o tipo de história através dos tempos.

Na Inglaterra, os professores e diretores rotineiramente davam umas chibatadas nos alunos em casos que iam de violência e roubo a pensamentos inapropriados. É difícil saber como as autoridades sabiam o que a pessoa estava pensando, mas em ambientes autoritários isso realmente não importa.

Na Idade Média as pessoas chicoteavam crianças depois de obrigá-las a assistir a uma execução pública. O motivo? O mesmo dos líderes de Panem, veja o que acontecerá com você se sair da linha! Mas a coisa não parava por aí. Homens chicoteavam as esposas, pessoas chicoteavam prostitutas e mendigos eram rotineiramente chicoteados.

E esse método também foi usado como autopunição por fanáticos religiosos. Os cultos a Dionísio na Grécia e à deusa Ísis no Egito incluíam chibatadas como parte do fervor religioso. Na Idade Média os flagelantes europeus chicoteavam a si mesmo e aos outros na esperança de cair nas graças de Deus. Apesar da Igreja Católica vê-los como hereges (e não por causa de chicotearem a si mesmo), a autoflagelação é considerada uma forma de penitência.

Em Perugia, Itália, em 1300, milhares de pessoas eram flagelantes e marchavam em enormes procissões enquanto chicoteavam a si mesmo. E o grupo era tão extremista que acreditava que quem não se chicoteava era um adorador de Satã.

O movimento se espalhou pela Itália e algumas cidades grandes chegaram a ter por volta de dez mil pessoas em suas processões.

Afogamento

Qualquer um capaz de ler já deve ter ouvido falar de afogamento simulado. Torturas usando água existem desde que os humanos passaram a coexistir com a água. Quem não viu um filme no qual algum pobre idiota tem sua cabeça mergulhada em uma privada até finalmente confessar um pecado ou dar uma informação importante?

Na trilogia *Jogos Vorazes*, Haymitch conta a Katniss que Johanna foi ensopada e depois torturada com eletricidade. Ela se preocupa que os oficiais possam afogar Peeta, mas por sorte isso não acontece. Talvez o mais próximo de uma tortura com água que houve nos três livros tenha sido a onda gigante descer o morro artificial no Massacre Quaternário. Em um paralelo interessante com a tortura com água e eletricidade que Johanna sofreu, Beetee faz um esquema para que a água da grande onda interaja com seu fio de alta voltagem e eletrocute qualquer tributo que esteja muito perto.

Choques elétricos

Já mencionamos alguns casos aqui: Darius, Lavinia, Johanna e o plano de Beetee. Como até hoje alguns criminosos ainda são executados na cadeira elétrica, vale a pena destrincharmos uma pouco mais o assunto. O que acontece quando a vítima é atingida pela corrente elétrica? Como alguém é torturado com choques elétricos?

A corrente elétrica danifica o coração e o sistema nervoso e também causa contrações musculares. Quanto mais forte a corrente, mais danos ela causa.

Um método de tortura por choques elétricos consiste em colocar eletrodos no corpo da vítima e amarrar fios em seus dedos das mãos, dos pés e até mesmo na língua. Depois

usa-se algum objeto elétrico, como um bastão de tocar gado, para eletrocutar a vítima. Onde ele coloca o bastão eu deixarei para a imaginação do leitor, pois pode ser um pouco pesado demais para estas páginas.

A resistência da nossa pele à eletricidade cai dramaticamente quando molhada. Isso quer dizer que Johanna, por exemplo, que foi molhada antes de ser torturada com choques elétricos, vai sofrer danos muito mais rapidamente do que se estivesse com a pele seca.

Um dos mais notórios torturadores por choques elétricos dos tempos modernos foi o assassino em série japonês Futoshi Matsunaga. Entre 1996 e 1998 ele assassinou sete pessoas, incluindo duas crianças. Em 1985 ele começou a usar choques elétricos em seus funcionários no terceiro andar de sua fábrica de *futons*. Em 1994 ele prendeu Kumio Toraya e a filha em seu condomínio e torturou o pobre homem com choques elétricos até a morte. Em 1997 ele prendeu sua antiga amante, Junko Ogata, e a família dela e então torturou a mãe e a irmã dela com choques elétricos em seus genitais. Depois convenceu Ogata a eletrocutar o pai. Em 2002 ele sequestrou novamente a filha de Kumio e a torturou com eletricidade. Há muito mais detalhes na história dele (e seus métodos sanguinários), mas é suficiente dizer que ele não usava apenas choques, mas também cortava e fervia suas vítimas.

Para usar a eletricidade a fim de matar criminosos de maneira "rápida e indolor", chegamos à cadeira elétrica. Tudo começou quando o dentista Albert Southwick viu um bêbado encostar em um gerador e então teve a ideia de que a morte por eletrocussão seria um jeito mais humano. Lembre-se de que ele era dentista, daí veio o uso da cadeira.

O governador de Nova York na época, David Hill, adotou a ideia de Albert e fez da cadeira elétrica o método de execução do estado. Os engenheiros Harold P. Brown e Arthur Kennelly criaram o primeiro modelo. As pessoas pensam que foi Thomas Edison, mas não, os dois engenheiros apenas trabalhavam para ele.

A cadeira elétrica ainda é usada em muitos estados norte-americanos, mas há uma grande controvérsia, pois os que se opõem ao uso dela como método de execução argumentam que demora muito para a pessoa morrer e que causa muito sofrimento.

A nossa conclusão é a de que a eletrocussão não é uma coisa humana. E isso inclui as torturas com choques elétricos aplicadas por um assassino em série como Futoshi ou como os assassinos de Panem.

Queimaduras

Um dos métodos mais horríveis de tortura e execução na série *Jogos Vorazes* acontece em *A esperança*. Mas lembre-se, mais uma vez, de que estamos ignorando as atrocidades cometidas na arena e também a fome causada pela Capital, pois esses assuntos já foram tratados em outros capítulos. Há poucos tipos de tortura que poderiam ganhar daquela que ocorre na arena. Este talvez seja um deles.

Todas as crianças, incluindo Prim, estão presas em uma barricada de concreto quando um aerodeslizador solta paraquedas prateados sobre eles. Por causa dos Jogos, para os quais esses paraquedas sempre trazem comida, remédio ou outras coisas boas, as crianças correm para abri-los, mas

depois que o aerodeslizador parte os pacotes explodem. Não só quem fez isso queimou as crianças até elas morrerem como ainda usou um método sádico ao fazer as próprias crianças abrirem seus pacotes mortais. É o cumulo da crueldade seduzir crianças com comida e remédios de que elas precisam, sem falar de outros presentes, apenas para assassiná-las.

Muitas das crianças morreram torturadas pelas chamas. E, uma vez que os explosivos arrancam partes do corpo e queimam o resto, essa não é uma morte indolor.

Enforcamentos

A ameaça de perder a cabeça está sempre próxima dos cidadãos do Distrito 12. Se as crianças escapam dos Jogos, podem ser chicoteadas, espancadas ou, pior, enforcadas ou amarradas a pelourinhos e apedrejadas até a morte. Para se vingar de Katniss, novos Pacificadores são mandados para seu Distrito no livro *Em chamas* e levantam novos postes de chicotadas, paliçadas e uma forca para a tortura e execução pública.

Na forca, como todos sabemos, um homem é pendurado por uma corda em seu pescoço. Em todo o mundo, ainda é comum esse tipo de execução, em que a morte é causada por quebrar o pescoço da vítima ou por estrangulamento. Nos Estados Unidos o enforcamento foi um método comum de execução até aproximadamente 1890, com o governo de Delaware realizando o último enforcamento oficial em 1996.

Como sancionado pelo governo, os agentes penitenciários pesavam o prisioneiro condenado, então treinavam pendurando um saco de areia com o mesmo peso que ele. Com base no treino o comprimento da corda era ajustado, se fosse muito longa a vítima seria decapitada, muito curta ele iria estrangular até a morte ao longo de possivelmente 45 minutos ou mais. A corda em si é fervida e esticada antes do enforcamento. Além disso, o nó é encerado para que a corda deslize facilmente através dele, apertando mais rapidamente o pescoço. Depois de vendar a vítima, o agente penitenciário coloca a corda em seu pescoço, então alguém abre o alçapão sob os pés da vítima e... tudo acaba para o cara. Em teoria, o pescoço deve quebrar, porque a forca foi calibrada com o saco de areia para o seu peso. No entanto, isso raramente acontece. Mais típico é o estrangulamento pela corda.

Sequestro psicológico e tortura pelo medo

A tortura desumaniza suas vítimas. Veja o caso de Peeta, por exemplo, que está tão desumanizado que chega a pensar que Katniss é o inimigo e a tenta estrangular em *A esperança*. O medo psicológico controla e domina a pessoa até que ela ceda diante daquele peso todo. Suzanne Collins usa a tortura psicológica de forma hábil para mostrar seus personagens de forma bem real para nós. Sentimos a dor deles, seu tormento e seu terror. O antagonistas, os líderes do governo e seus partidários não usam apenas a tortura física, mas também as formas mais extremas de torturas psicológicas nas pessoas, e ver como os protagonistas como Katniss e Peeta lidam com isso os faz parecer reais para os leitores.

Em um toque de mestre, Suzane Collins inventa um novo método de tortura e medo psicológico que ela chama de *Sequestro Psicológico*. O personagem Beetee explica que "é um tipo de condicionamento ao medo" que usa o veneno das teleguiadas, que Katniss já sabe que ataca a parte do cérebro que controla o medo.

O medo é tipicamente visto como um sentimento de ansiedade causado pela possibilidade ou a presença real de perigo. Como em qualquer emoção, o medo tem vários estágios diferentes. Um medo leve pode significar uma sensação de desconforto ou apreensão. Um exemplo é o medo que sentimos quando alguém faz um comentário estranho que nos faz duvidar da lealdade ou da amizade da pessoa. Mas um grande medo, como o desencadeado pelo veneno das teleguiadas, é uma coisa bem diferente. Nele, a vítima (como Peeta) não consegue saber o que é real e o que não é. Quando ele se lembra de algo, o veneno muda a memória que ele tem, então o cérebro fica confuso e guarda a falsa recordação revisada em vez da verdadeira.

Será que isso poderia funcionar de verdade? Será que é possível criar um veneno ou uma poção que mude as memórias de uma pessoa?

De acordo com os cientistas, essa é uma possibilidade.

Quando sentimos medo, nosso corpo reage de um jeito. Nossos batimentos cardíacos se aceleram bombeando mais sangue pela corrente sanguínea, pois é o jeito dos músculos receberem mais oxigênio para enfrentar o perigo. Nossa pressão sanguínea sobe quando vamos ficando com mais medo. Em uma situação de estresse, o nosso corpo desliga os sistemas que não são diretamente afetados, como nosso sistema digestivo. Assim produzimos menos saliva e a nossa boca fica seca.

Quando estamos com medo, certos traços primitivos nos preparam para a ação. Vasos sanguíneos próximos à pele se contraem, de modo a reduzir o sangramento se estivermos feridos. As pupilas dos nossos olhos se dilatam para se concentrar em qualquer movimento. Os pelos da nossa pele se eriçam, tornando-nos mais sensíveis ao movimento. Quanto mais estamos com medo, mais perceptíveis os sintomas.

Uma coisa assustadora é que cientistas afirmam que em breve talvez seja possível "apagar uma memória específica deixando as outras intactas". Em laboratório eles descobriram que podiam injetar uma "droga da amnésia" em alguém enquanto a pessoa relembrava de algo específico. A droga revisava a memória e, em alguns casos, a apagava completamente.

O professor Karim Nader, pesquisador da droga da amnésia da Universidade McGill, declarou: "Quando você se lembra de memórias antigas, elas podem estar fora de sua memória e depois têm de ser 'guardadas de volta'". Nader continua explicando que aquele é o momento em que os cientistas dão à pessoa a droga da amnésia, enquanto a memória é levada de volta para o armazenamento de longo prazo do cérebro.

Esse método é o mesmo usado pelo veneno das teleguiadas na série *Jogos Vorazes*. É o que acontece com Peeta como cortesia do governo. E é algo bem real.

Previsões do fim do mundo

999 - 1033 d.C.

Outra grande época para os profetas do apocalipse! O ano novo de 999 d.C. se esticando para o primeiro dia de 1000 d.C. Até podemos imaginar o tanto de autoflagelações, gritos, orações, jejuns e a lotação das igrejas.

A histeria apocalíptica continuou até aproximadamente 1033 d.C., pois uma vez que Jesus não retornou em 1000 d.C., os místicos concluíram que o fim do mundo aconteceria no milésimo aniversário da crucificação, ou seja, 1033 d.C..

7. A NATUREZA DO MAL

O presidente Snow e seus comparsas

Que tipo de sociedade força suas crianças a mutilar, torturar e matar umas às outras apenas pelo divertimento? Que tipo de sociedade deixa o próprio povo passar fome? E os escraviza, chicoteia, espanca, enforca e decepa suas cabeças em praças públicas? Os governantes de Panem são mesmo maus? Ou estão apenas fazendo o que acham ser necessário em "tempos de guerra"?

Com relação às crianças na arena, imaginamos que não sejam más de verdade, e sim forçadas a assumir papéis de gladiadores pelas pessoas mais velhas, e elas não têm escolha. Mas os efeitos daquilo que são forçados a fazer, mutilações, torturas e matanças de outras crianças, podem endurecê-las e fazer parecerem más. Se forem forçadas a matar por tempo suficiente, será que as crianças se tornarão assassinas? O próximo capítulo, que não por acaso tem esse nome, tratará do assunto. Agora vamos olhar para a natureza do mal. O que faz os adultos da trilogia *Jogos Vorazes* serem tão desprezíveis?

E não há dúvidas de que eles são desprezíveis. Setenta e cinco anos depois dos Dias Sombrios, eles ainda mantêm os Jogos Vorazes e o Massacre Quaternário. É óbvio que a desculpa de que eles precisam torturar e executar pessoas em "tempos de guerra" não é mais válida nesse caso. Eles têm tanto medo de um levante, como discutimos no capítulo 2, que fazem da vida um inferno. Mas será que isso os torna mesmo pessoas más?

Eu diria que os líderes adultos de Panem são maus sim, e tão maus quanto é possível ser. O mal em *Jogos Vorazes* não é no estilo "apocalipse zumbi" ou em outras formas ficcionais que existem em um plano separado dos seres humanos. Monstros modernos horríveis podem estar na forma de zumbis comedores de gente, vampiros chupadores de sangue, lobisomens assassinos, criaturas bizarras como Octopus, ou tubarões gigantes e até coisas como mundos alienígenas. Mas os monstros de *Jogos Vorazes* são seres humanos. O presidente Snow não pode usar a desculpa de que uma enorme criatura vespa/vampiro vinda do espaço o obrigou a executar crianças. Ele não afirma que foi Satã que o obrigou. Não há um fundamento sobrenatural para o mal de Snow. Ele é responsável por todas as suas ações deploráveis.

E as pessoas que o seguem, os chamados Pacificadores e Idealizadores dos Jogos e também as pessoas que moram na Capital, são responsáveis por seus maus comportamentos. Eles comem e festejam, fazem cirurgias plásticas, mudam suas aparências e participam ativamente na preparação das crianças para os Jogos. Eles são mostrados às vezes como um povo amoroso e divertido e não verdadeiramente desprezível, mas eles fecham os olhos para o que estão fazendo e não assumem a responsabilidade por sua má conduta. Talvez eles pudessem justificar suas ações do mesmo jeito que os nazistas faziam na Segunda Guerra Mundial, dizendo que seus líderes não deixavam que soubessem das mortes e torturas, mas como dissemos anteriormente, os Dias Sombrios ocorreram há 75 anos, o que quer dizer que a Guerra Mundial X já acabou

faz tempo, então os seguidores não podem reclamar de que estão agindo em "tempos de guerra", do mesmo jeito que os governantes também não podem usar essa desculpa. Todos esses adultos são responsáveis pelo que fazem com as crianças na série. Até mesmo a mãe de Katniss, que não é nem um pouco má, falha em proteger suas filhas.

Os heróis são as próprias crianças, que acabam salvando o povo de Panem dos adultos. É claro que Haymitch e outros adultos ajudam as crianças a contribuir com a rebelião em *A esperança*, mas é Katniss e outras crianças quem realmente fazem o trabalho.

As pessoas sempre conviveram com os conflitos, agressividade e disputas territoriais. Desde os primeiros tempos, cerca de 6.000 anos atrás, nós nos juntamos em bandos para sobreviver às forças da natureza, porque, afinal de contas, a energia de vários supera a de apenas um. Mais tarde, a força de alguns substituiu a de muitos.

Com os seres humanos se unindo em tribos maiores e depois em estados e países, nossas lutas com a natureza receberam a companhia de nossa batalha uns contra os outros. Guerras por território, alimentos, companheiros, pela sobrevivência no mundo animal começaram e a humanidade lutou contra si mesma guerra após guerra. Regras, regulamentos e leis foram criados na tentativa de governar nossas ações, e cada aliança tem suas forças militares e de polícia.

A noção do mal tem suas raízes nas antigas fontes religiosas. Por exemplo, o fato de o Antigo e o Novo Testamentos usarem essa palavra centenas de vezes, mas incluírem sob a égide do mal todos os tipos de comportamentos imorais e más ações. O mal na Bíblia inclui coisas menores como tocar em criaturas rastejantes.

No Antigo Testamento os males existem aos montes nos Dez Mandamentos, em Deuteronômio e Levítico. Por exemplo, Deuteronômio 22:21 declara que o comportamento promíscuo de uma fêmea é tão "mal" que as pessoas deveriam apedrejá-la até a morte. O capítulo 7 lista os males abundantes da alma, incluindo comportamentos egoístas, desejo por objetos em vez de buscas espirituais, cobiçar o que outras pessoas têm e assim por diante. Levítico focaliza as leis religiosas relacionadas a tudo que se possa imaginar: os sacrifícios, a dieta, o parto, o incesto, o barbear, a automutilação, a feitiçaria, estranhos, bestialidade, ódio etc.

No Novo Testamento, a Epístola de Paulo aos Gálatas descreve a sua idade como "má" (1:4-5), basicamente porque a humanidade realiza ações más. Ele adverte que: "Se vós, porém, vos mordeis e devorais uns aos outros, vede não vos consumais uns aos outros (5:15)". Ele adverte contra "obras da carne" como imoralidade, impureza, lascívia, idolatria, feitiçaria, inimizades, porfias, ciúmes, iras, discórdias, dissensões, facções, inveja, bebedeiras e orgias (5:19-21).

O Alcorão identifica comportamentos semelhantes como o mal, e Zoroastro sugere que as pessoas são controladas por um deus da luz e do bem e por outros deuses da escuridão e do mal.

Argumentos teológicos que tentam conciliar a existência do mal em nosso mundo com a suposição de um Deus pacífico e benevolente são chamados de "teodiceia". A palavra vem da expressão grega "justificando a Deus", e foi usada pela primeira vez em um ensaio de 1710 pelo filósofo alemão Gottfried Leibniz. Um argumento típico da teodiceia é o de que o mal é o resultado do povo ter recebido o livre-arbítrio de Deus. Se a humanidade não tivesse a opção de fazer o bem ou o mal, então as pessoas não seriam diferentes das máquinas.

A linha tênue entre anjos e demônios

As religiões estão cheias de imagens de anjos e demônios, e também de anjos que se tornam demônios, o que sugere

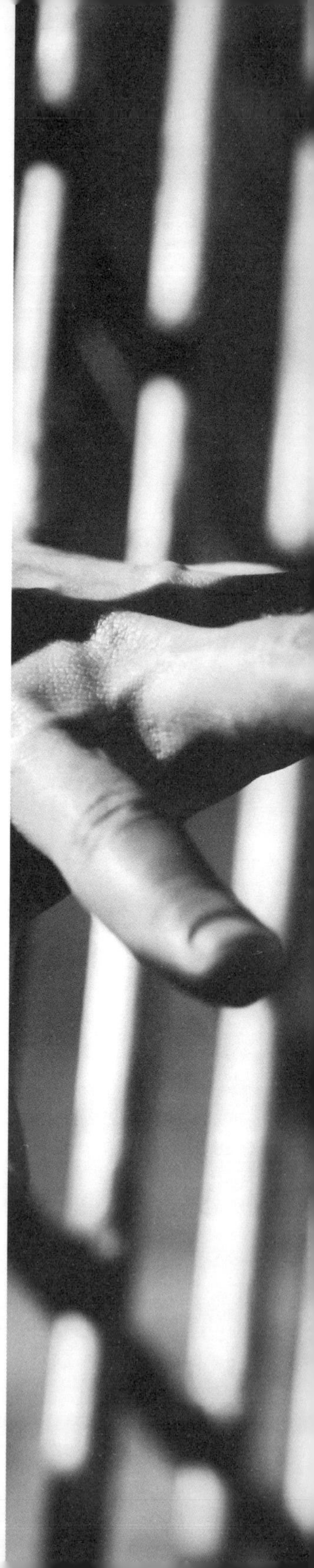

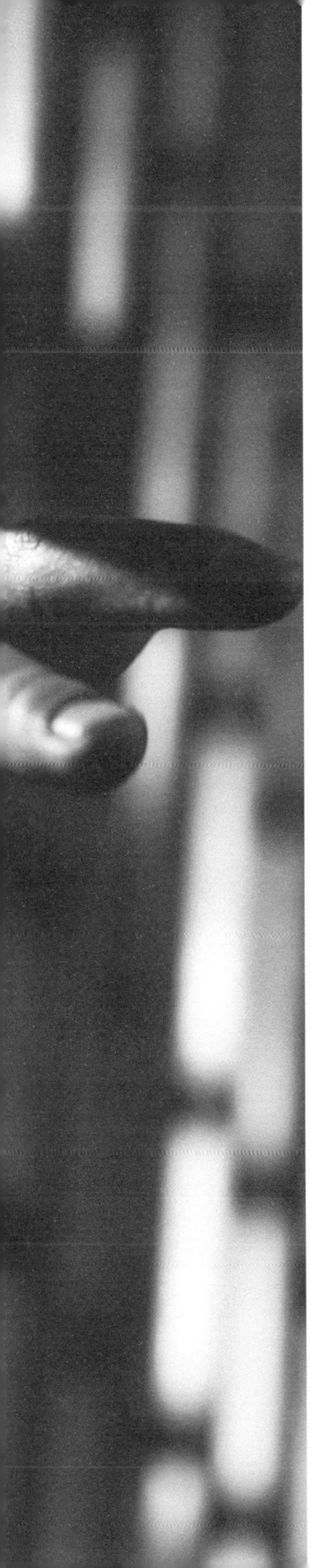

que exista uma linha tênue entre eles. Isso implica que, como temos livre-arbítrio, podemos acabar em qualquer um dos lados.

Vamos considerar Lúcifer, o portador da luz, o anjo que caiu e se tornou o Diabo. De acordo com a história bíblica, seu crime foi desafiar a autoridade de Deus, e por causa disso ele e seus anjos caídos foram mandados para sempre ao inferno. Antes era bom e agora é mau.

E assim como muitos governos maus, o Diabo tem Belzebu para fazer boa parte de seu trabalho sujo. Belzebu decide que forças do mal devem corromper as pessoas e torná-las más, então o Diabo corrompe Adão e Eva, que mordem a maçã, um pecado mortal com consequências terríveis naquele tempo.

Provavelmente essas ideias religiosas sobre o mal vem do fato de que em tempos antigos as pessoas viviam em pequenas tribos e tinham que lutar constantemente pela sobrevivência. Dar à luz e nutrir os meninos era essencial para o sucesso de uma tribo em detrimento de outras. Durante o combate, se uma tribo tinha, digamos, o dobro de guerreiros que a outra, então essa tribo, provavelmente, ganharia a batalha. Assim, no início de fontes religiosas, crimes relativos a tudo que pudesse ferir ou diminuir a chance de uma tribo sobreviver seria indexada como o mal. Prostituição, adultério, masturbação: esses "males" poderiam contribuir para o fracasso de uma pequena tribo em dar à luz e alimentar os meninos e as meninas para o sucesso reprodutivo. Regras (ou "males") em relação à limpeza e à alimentação também contribuíam para o potencial de uma tribo sobreviver. Quanto menor a chance de infecções e doenças potencialmente mortais, maior a chance de sobrevivência.

Definições do mal variam de tempos em tempos, de cultura para cultura e de indivíduo para indivíduo, ou seja, algumas pessoas pensam que é ruim (ou algo mau) bater em uma criança, enquanto outros reservam o termo "mau" para crimes maiores, como torturar e matar. É difícil saber onde traçar a linha.

A famosa professora Susan Neiman sugeriu em seu livro *O mal no pensamento moderno* que talvez um jeito razoável de definir o mal é como algo que "abala a nossa confiança no mundo". Já no livro *The death of Satan: how americans lost the sense of evil* (A morte de Satã: como os americanos perderam a noção do mal), Andrew Delbanco dá uma definição mais apurada, como expressado em uma entrevista em 2001 à PBS:

> Há seres humanos que, ao se convencerem de que existe um bem superior, um ideal superior ao qual suas vidas devem ser dedicadas, conseguem achar que a dor e o sofrimento de outros indivíduos não interessam, que não têm nada a ver com eles... que essas pessoas são dispensáveis, que é um custo necessário ao perseguir o seu objetivo. Então o mal, na minha opinião, é a falta de simpatia imaginativa para com outros seres humanos.

A definição de Delbanco coloca claramente os governantes de *Jogos Vorazes* na categoria de maus. A dor e o sofrimento de outras pessoas, ainda mais crianças, não importa para eles. Aliás, eles ainda promovem a dor e o sofrimento das crianças. Outras pessoas, no caso as crianças, são dispensáveis na busca do ideal maior que é esmagar qualquer chance remota de rebelião.

Remontando a necessidade de antigas tribos de sobreviver, mecanismos mais modernos de sobrevivência em grupo se encaixam na definição de Delbanco. Se todos os membros de um grupo aderirem aos valores e métodos de controle de seus líderes, maior a chance do grupo sobreviver. As pessoas justificam as más ações do grupo dizendo a si mesmas que estão dispostas a fazer qualquer

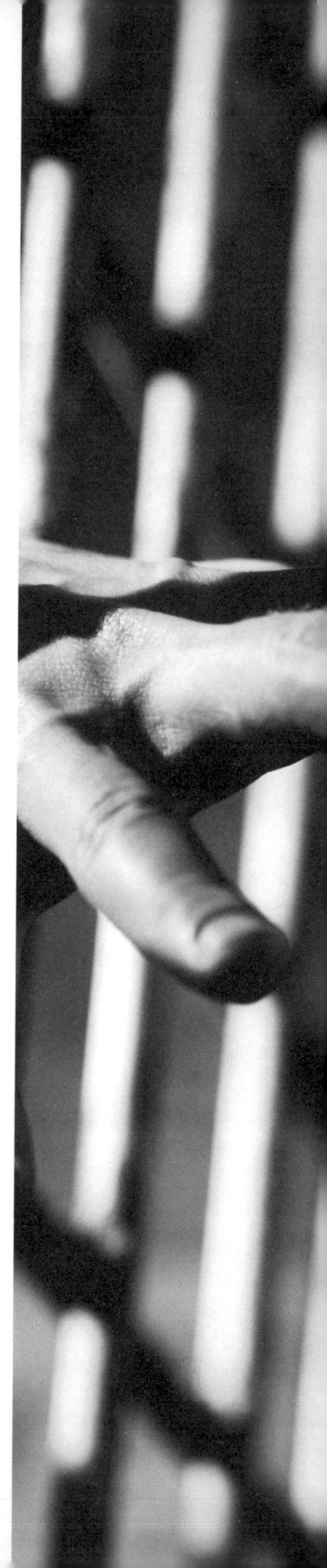

coisa que for necessária para defender e fortalecer a comunidade.

O raciocínio de sobrevivência do grupo é uma forma de mal em que as virtudes morais e o idealismo apoiam ações violentas. Esse idealismo do mal faz os terroristas matarem as pessoas e a si mesmos, sem remorso. Sua força interior dá o suporte para os terroristas cometerem atrocidades.

Mas, antes de terrorismo moderno, a brutalidade era comum entre os grupos que se consideravam superiores de modo idealista aos que estavam em torno deles. Um exemplo óbvio são as Cruzadas, que sancionaram divinamente a tortura, a mutilação e o assassinato de milhões de pessoas. O papa convocou os cristãos para tomar o controle da Terra Santa dos pagãos, e os homens das Cruzadas brutalizavam pessoas ao mesmo tempo em que se consideravam homens de bem com a moral elevada, servindo a sua Igreja e a Deus.

Assassinato se encaixa na maioria das definições de maldade. Assassinato de crianças é aceito quase universalmente como algo mau. E quem perpetra esses assassinatos, como o presidente Snow e seus adeptos, planeja e tem a intenção de torturar e matar as crianças das maneiras mais terríveis e excruciantes possíveis. Eles sabem e têm prazer em saber que as crianças sofrerão imensamente. Eles não têm vergonha. É esse uso excessivo de sofrimento que faz os líderes serem maus. Eles poderiam optar por limitar as liberdades, sem tortura e morte, mas escolhem cometer atos de maldade que vão além e estão acima do que é necessário para manter o controle do povo. É interessante notar que as raízes anglo-saxãs da palavra mal são "acima" ou "além".

As leis científicas não definem o mal com precisão matemática ou provas experimentais. Como mencionado antes, há muitos tipos diferentes de mal, indo de assassinato a roubos, passando por *bullying* a comentários inocentes que fazem alguém se suicidar. Entretanto, se não tratarmos o mal como algo sobrenatural, e sim como resultado de uma ampla gama de comportamentos humanos, tanto intencionais como inocentes, então poderemos examiná-lo de um jeito mais científico.

Explicações recentes sobre o comportamento de assassinos em série giram em torno do cromossomo Y e da insanidade. Cientistas já sugeriram que o genótipo XYY faz o homem ter acessos de raiva e praticar atos de violência. E a insanidade, como todos sabemos, é muito usada nas defesas de crimes violentos. Mas não são apenas os assassinos em série que matam. Pessoas aparentemente normais cometem atos maus todos os dias.

Já em relação a nascer mau, isso é algo improvável. Alguns estudiosos até afirmam que há raízes para a mente má. E há a teoria de que pessoas más nascem com o que os pesquisadores chamam de genes de risco ou criminais, mas sobre isso está longe de haver consenso. Esse tipo de teoria acabou virando uma discussão política, pois as pessoas temem que tudo vire genético, que seja encontrado um gene da homossexualidade e então as pessoas cometam todos os tipos de desvios da "normalidade" se baseando nessas descobertas genéticas.

Vários distúrbios de personalidade psicopata, como o sádico, o antissocial e esquizoide têm sido ligados a crimes violentos. Se uma pessoa não consegue sentir empatia e compaixão por outras, então é mais propensa a cometer crimes violentos contra elas. O cérebro fica preparado para a violência. O autor se torna viciado em cometer seus crimes atrozes.

Psicopatas têm empatia, mas não compaixão por outras pessoas. Esquizoides são distantes e não têm compaixão nem empatia. Muitas dessas pessoas não se encaixam na sociedade e têm imensa dificuldade em formar ligações, especialmente sexuais. Se alguém tem traços psicopatas, sádicos, antissociais ou esquizoides, provavelmente irá cometer atos malignos.

No entanto, esses assassinos não são doentes mentais, na verdade com certeza sabem o que estão fazendo e gostam

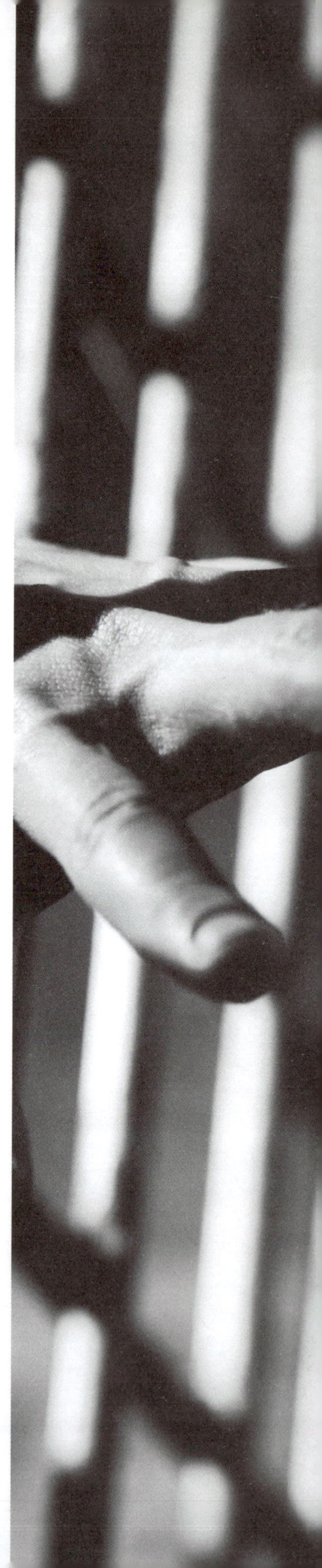

disso. Para ser insana, a pessoa deve ser incapaz de distinguir o certo do errado e também de ajudar na sua própria defesa.

Um exemplo de criminoso mau é David Parker Ray, que era um psicopata sem nenhuma compaixão ou empatia por suas vítimas. Ele era mecânico e inventou vários aparelhos de torturas para suas vítimas. Outro assassino em série psicopata e sádico era Arthur Shawcross, que ficou conhecido por matar homens, mulheres e crianças no Vietnã.

Os dois são claramente psicopatas por tudo o que fizeram, mas ainda é um mistério saber como as pessoas crescem e cometem atrocidades como as deles.

Psicóticos *versus* psicopatas

Um psicopata é bem diferente de um psicótico.

O psicótico sofre de transtornos mentais graves que são provavelmente causados por fatores biológicos. Por exemplo, os esquizofrênicos podem ser confusos, ter delírios e alucinações. Eles tendem a ser isolados, deprimidos e ansiosos.

O psicopata, como definido pelos médicos, tem um distúrbio de caráter ou personalidade. Essas pessoas são lúcidas, não ouvem vozes ou veem coisas que não existem. Eles podem ser muito charmosos, não sofrem de angústia, depressão ou inseguranças. Muitos, simplesmente, não têm nenhuma compaixão por suas vítimas.

Apesar dos psicopatas não ouvirem vozes ou verem fantasmas, ainda é possível que homens como David Parker Ray e o presidente Snow sejam maus porque seus cérebros têm padrões neurais instáveis e anormais. Eles estão muito bem conectados ao mundo, o que significa que a alegação de insanidade não funcionará com eles, mas os dois possuem desvios sérios de personalidade que poderiam ocorrer por um mau funcionamento neural.

É provável que, da mesma forma que o comportamento humano em geral, o comportamento do psicopata é resultado da combinação de fatores biológicos e do ambiente social. É aí que entra a grande área nebulosa da coisa: quão extremo tem que ser o comportamento da pessoa para ela ser chamada de psicopata?

O presidente Snow, por exemplo, exibe todos os comportamentos associados com um criminoso psicopata. Não, ele não canibaliza as pessoas como Shawcross nem usa os aparelhos de tortura nas crianças como fazia Ray Parker, ele não é como eles, mas é muito parecido com os dois.

Deixe de lado por enquanto os argumentos sobre o que separa o mal contra o bem, se a nossa ligação biológica distingue um do outro e se os ambientes sociais são os principais fatores. Não importa como nós definimos o mal. Não importa se um homem cresceu em uma barraca, um *trailer*, uma casa repressora, uma propriedade rural ou outro lugar. Não importa se ele nasceu um príncipe ou um mendigo. Independentemente disso, temos uma triste realidade: pessoas como David Parker Ray, Arthur Shawcross e o presidente Snow são simplesmente más. Pode-se dizer que são maus. E quando você estuda tudo o que há sobre o assunto, percebe que os cientistas realmente não sabem por quê.

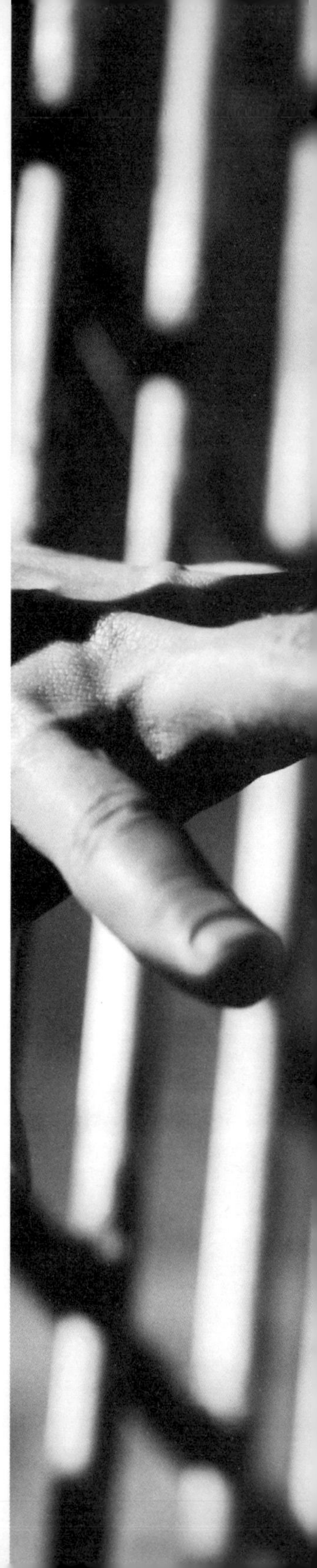

Previsões do fim do mundo

1186-1524 d.C.

1186 d.C., John de Toledo determinou que um alinhamento planetário ocorreria em 23 de setembro e causaria o fim do mundo. A qualquer segundo...

1269 d.C., Joachim de Fiore declarou que o mundo seria destruído entre 1200 e 1269 d.C. A qualquer segundo...

1284 d.C., o papa Inocêncio III disse que o mundo acabaria

AST

12

666 anos após o Islã começar, correspondendo a 1284 d.C. A qualquer segundo...

1346 d.C., nenhuma discussão sobre o fim do mundo pode ser completa sem mencionar os Flagelantes e a Peste Negra. Acreditando que o fim do mundo era iminente... sim, a qualquer segundo... os Flagelantes chicoteavam e prendiam as pessoas com espinhos para absolvê-las de seus pecados.

1367 d.C., Militz de Kromeriz proclamou que o Anticristo já estava vivo e se tornaria conhecido entre 1363 e 1367 d.C., e que o fim do mundo ocorreria entre esses anos.

A precisão dessas profecias, assim como muitos que vieram antes de Militz, são todas bastante notáveis, não acha?

1378 d.C., Arnold de Villanova declarou que o mundo acabaria nesse ano.

1420 d.C., Martinek Hausha declarou que o mundo acabaria em 14 de fevereiro 1420. Outro cálculo preciso que não tem grande significado.

1516 d.C., o Quinto Concílio de Latrão proibiu profecias apocalípticas e todos os cenários de fim de mundo. Nem é preciso dizer que, dados os eventos futuros, a proclamação não pegou. Pouco tempo depois...

1524 d.C., astrólogos londrinos geraram um terror apocalíptico generalizado proclamando que o fim do mundo começaria por uma inundação em Londres em primeiro de fevereiro. Dezenas de milhares de pessoas fugiram. No entanto, do mesmo jeito que outras previsões, não caiu uma única gota de chuva em Londres nesse dia.

1524 d.C., o astrólogo Johannes Stoeffler predisse que 20 de fevereiro marcaria o fim do mundo, e não o dia primeiro de fevereiro. Deve ter sido igualmente o ano do terror global do oceano, porque Stoeffer também alegou que um dilúvio iria trazer o apocalipse.

8. CRIANÇAS ASSASSINAS

Quão responsáveis elas são?

"O terrível é que, se eu puder me esquecer de que são pessoas, não será muito diferente [de matar animais]." É o que Katniss pensa em *Jogos Vorazes*.

Essa declaração ocorre bem no começo da série e de muitas formas é uma previsão do que está por vir. Em tempos de guerra, como já falamos brevemente aqui, os soldados podem começar a ver os inimigos como apenas objetos. Eles são os "outros", nada mais do que insetos. Em tempos de combates religiosos, como nas Cruzadas ou qualquer lugar no mundo onde hoje ocorre terrorismo, os assassinos tendem a se esquecer de que estão matando seres humanos. Crianças de um lado da fronteira não são diferentes das que estão do outro. Os dois grupos são seres vivos, respirando e pensando. Mas como soldados, cruzados e terroristas ficam acostumados a atos de crueldade e matanças e entram em uma espécie de piloto automático, então assassinar humanos se torna igual a matar animais.

A evolução de Katniss até virar uma máquina de matar demora. Primeiro ela mata os animais para sua família não passar fome. Em sua primeira caçada sozinha, consegue um coelho para sua mãe e irmã famintas. Ela mata pela mesma razão que animais selvagens caçam: sobreviver. Naquele momento, ela ainda não sabe, mas em breve será forçada a caçar e matar seres humanos pelo mesmo motivo: sobreviver.

Em sua primeira participação nos Jogos Vorazes ela tem que matar crianças para poder salvar sua própria vida. A primeira pessoa que mata, a primeira em toda a sua vida, é um menino que enfia a lança em sua amiga Rue. Depois de disparar uma flecha no pescoço do rapaz, ela se pergunta por que se preocupa com a morte dele. Ela já evoluiu de uma menina que tinha de aprender a caçar animais a fim de se alimentar para alguém capaz de assassinar. Com o tempo, ela teria de matar o menino de qualquer jeito para se tornar o tributo vencedor, então ela o mata sem pensar em um ato frio de retaliação. Ela está com raiva porque Rue foi morta e quer que o assassino pague por isso.

De alguma forma o leitor simpatiza com ela quando Katniss mata o menino que tirou a vida da pobre Rue. Mesmo nós, os leitores que não estamos em nenhum tipo de combate, entendemos por que Katniss matou uma pessoa. Aliás, nos identificamos tão fortemente com Katniss que queremos que ela saia dos Jogos como vencedora, e sabemos que isso significa que ela tem que matar várias crianças. Vemos o assassino de Rue como "mau" e não vemos razão pela qual Katniss deveria poupá-lo e salvar o próprio pescoço.

Mesmo depois de seu ato frio de vingança, ela se identifica com o menino morto e aqueles que choram por ele. Ela não é uma assassina de coração. Ainda não.

Quanto Katniss já está no meio da batalha do segundo livro, ela já pensa como uma assassina: "Faço uma promessa silenciosa de voltar e acabar com ele (Beetee) se puder". E quando lidera a revolução no terceiro livro ela se culpa pelas mortes terríveis de vários de seus companheiros e,

pior, é diretamente responsável pela morte de "cidadãos desarmados".

Como as pessoas veem Katniss e Peeta se tornando crianças assassinas? O que faz uma criança doce e inocente se transformar em assassina?

É claro que Katniss e Peeta precisam matar para continuarem vivos. Mas a própria Katniss comenta mais de uma vez que se tornou uma máquina de matar, alguém que mata uma mulher desarmada. Em que ponto uma criança passa de matar para sobreviver para matar por hábito?

Sempre vemos fotos de crianças segurando metralhadoras e com os bonés puxados por cima dos seus olhos bem mais velhos que suas idades reais. As imagens são chocantes porque não associamos a inocência das crianças com o mal de assassinos em massa. Quem coloca armas mortais nas mãos de seus jovens e depois os manda acabar com suas vítimas? Bom, sabemos que a Capital e seus Idealizadores de Jogos fazem isso, mas no mundo real os governantes fazem isso desde o início dos tempos. Mandar crianças torturarem e assassinarem é um fenômeno global que é quase assustadoramente comum.

Tem algo profundamente perturbador na ideia de crianças assassinas, seja nas arenas de Jogos Vorazes, nas antigas lutas de gladiadores ou em guerras de adultos. Os humanitários dizem que deveria ser um crime de guerra os adultos alistarem crianças argumentando que crianças inocentes e vulneráveis são manipuladas e enganadas a se alistarem, recebendo armas leves que as transformam em máquinas de matar. Apesar de ter um fundo de verdade, não é exatamente verdade. Pegue Katniss Everdeen como um exemplo ficcional do que ocorre no mundo real. Em *A esperança*, Katniss lidera a rebelião porque é o único recurso que o povo tem para ser livre. Apesar de resistir ao papel por um bom tempo, no fim ela acaba aceitando. Não é um bando de generais adultos que passa em sua cidade, a sequestra e faz uma lavagem cerebral para que ela porte armas leves e massacre centenas de inocentes. Ela se rebela e luta contra o bando de adultos que escravizou e torturou seu povo desde os Dias Sombrios.

No século XIX, na América do Norte, garotos da tribo Cheyenne iam para a guerra aproximadamente com 14 anos. Mas quando consideramos as atrocidades cometidas contra os *cheyennes*, como por exemplo quando o coronel Custer e seus homens mataram mais de cem mulheres e crianças da tribo na Batalha do Rio Washita em 1868, não é difícil imaginar por que os garotos se tornavam combatentes para revidar. Em 1875 os *cheyennes* se uniram aos Sioux e os Lakota e mataram Custer e muitos de seus homens na Batalha de Little Bighorn.

No Sudão os meninos Dinka recebiam lanças militares entre 16 e 18 anos. Lutar tem sido uma constante para a tribo Dinka e, uma década atrás, há relatos de que as guerras desalojaram quatro milhões de pessoas e forçaram outras quinhentas mil a emigrar para países vizinhos.

Durante os séculos XVIII e XIX, na Amazônia, garotas eram levadas a guerrear aos 9 anos de idade. Dahomey era um grupo de guerreiras mulheres conhecidas como Mino.

As sociedades ocidentais também mandaram suas crianças para a guerra durante séculos. Na Idade Média, o exército britânico alistava muitos garotos e no fim do século XIX eles já os recrutavam sistematicamente. Nos Estados Unidos, durante a Guerra Civil, era normal os garotos lutarem e morrerem. Estatísticas conservadoras estimam que o número de jovens lutando pelos dois lados na guerra tenha sido entre 250 e 420 mil. Os próprios pais e as escolas os induziam ao serviço militar.

Em vez de considerar um crime os garotos servirem na guerra, o público em geral considerava suas mortes nobres. Eles eram admirados e respeitados.

Apenas nos tempos modernos e no ocidente que começamos a ver o aumento da indignação pública com o fato de crianças serem mandadas para guerra. É por isso que,

em grande parte, *Jogos Vorazes* tem um impacto tão forte sobre os leitores. O leitor ocidental moderno pensa: *Como podem mandar esse menino e essa menina para a batalha? Isso é desumano e contra tudo o que é certo!* Mas essa prática é feita desde sempre.

Durante a Revolução Industrial, tornou-se comum as pessoas pensarem que as crianças eram jovens inocentes que precisavam ser protegidos, educados e isolados dos adultos, podendo assim aproveitar sua infância. Mas é claro que nem todos tinham esses privilégios. Muitos eram pobres ou órfãos e tinham que trabalhar em fábricas, minas e fazendas, lutando na Revolução Industrial em vez de em uma guerra sangrenta.

Mesmo nos tempos atuais, em muitos lugares do mundo os adultos veem as crianças guerreiras como algo honrado e moral, algo a ser admirado e respeitado. Enquanto o Ocidente repudia isso e exclui suas crianças de guerras, essa não é uma unanimidade global.

Em 2000, as Nações Unidas declararam que mais de cinquenta países recrutaram ativamente crianças para o serviço militar naquele ano e que, mais do que isso, os soldados mais jovens conhecidos tinham apenas 7 anos de idade. Provavelmente mais triste ainda era que nos anos 1990, ainda de acordo com as Nações Unidas, 2 milhões de crianças foram mortas em combates armados; 4 milhões a 5 milhões ficaram inválidas; 12 milhões perderam suas moradias e 10 milhões ficaram com traumas psicológicos.

Infelizmente a utilização de crianças assassinas não está confinada ao mundo ficcional. O que nos choca mais no mundo de *Jogos Vorazes* é que sentimos as atrocidades de forma muito pessoal, pois as vemos do ponto de vista de Katniss. Podemos ficar chocados com as estatísticas do mundo real, mas o impacto é bem maior ao lermos a história de Katniss.

E como já mencionamos anteriormente, apesar da realidade sombria da situação, nem sempre as crianças são forçadas a lutar. Muitas vezes elas se voluntariam para ajudar a família, sua comunidade ou o governo. Elas acreditam na causa.

Pense no Basij, o exército voluntário criado pelo aiatolá Khomeini em 1975. As pessoas, incluindo crianças e mulheres, entravam no Basij pelos benefícios ou por lealdade. Os estudantes Basij incluíam crianças que estavam nos ensinos fundamental e médio ou no colegial. Eles se sentiam como mártires sagrados e, durante a guerra Irã–Iraque, dezenas de milhares de Basij sacrificaram suas vidas no campo de batalha pela causa. Crianças e adolescentes formavam uma linha de frente que constantemente se movia em direção ao inimigo.

Conforme balas, canhões e minas terrestres os derrubavam, mais crianças e adolescentes se juntavam formando uma linha suicida adicional. De acordo com relatos, Khomeini teria dito que "um país com 20 milhões de jovens deve ter 20 milhões de atiradores ou um exército com 20 milhões de soldados. Um país assim nunca será destruído". E o Basij foi usado em 2005 e em 2009 para reprimir os protestos contra as eleições do presidente Ahmadinejad. Em dezembro de 2009, milhares de estudantes dos ensinos fundamental e médio lutaram para suprimir demonstrações de insatisfação de outros estudantes. *Isso mesmo, milhares de soldados crianças lutando contra outras crianças pelas ruas de suas cidades.*

Quão diferente são os tributos Carreiristas dos Basij ou outras crianças dedicadas a lutar até a morte por razões políticas ou espirituais?

Os Carreiristas são voluntários nos Jogos Vorazes e treinam durante a vida toda para participar do evento. De acordo com Katniss, eles "projetam arrogância e brutalidade" e vão direto para as armas que parecem mais mortais. Da mesma forma que os Basij lutam em grupo, os Carreiristas lutam em bando contra outras tribos nos jogos.

Katniss não é Carreirista e é forçada a lutar da mesma forma que as crianças em Darfur. Ela não tem escolha.

Mas depois, quando ela endurece em relação a atos de violência e assassinato, acaba se tornando uma voluntária. Quando aceita o manto de Tordo e lidera a rebelião contra a Capital malvada, sua mente está mais no modo Basij do que no da Katniss inocente que vimos nos dois primeiros livros. Quando começa a liderar o esquadrão 451, ela já tem o desejo de ficar nas linhas de frente.

Lá no começo, durante seus primeiros Jogos, ela quase é morta por Thresh, mas consegue escapar ao explicar como cantou para Rue enquanto a garotinha morria. O pobre Thresh está ferido, como a maioria das crianças ficaria, por causa da perda de Rue e também pela gratidão com a garota que a amava como irmã. Em um trágico erro de julgamento (para Thresh, não Katniss, é claro), ele a deixa viver em respeito ao que ela fez por Rue. Isso parece bem improvável, falando honestamente, mas só podemos imaginar que Thresh não valoriza muito a própria vida, que é alguém traumatizado e, possivelmente, não muito inteligente.

Mais tarde Katniss fica aliviada ao saber que Thresh foi morto por outro tributo. Agora ela não terá o dilema do que fazer se por acaso eles fossem obrigados a lutar por suas vidas. Se tivesse enfrentado o mesmo dilema em *A esperança*, quando já tinha uma grande indiferença em relação a matar pessoas, talvez não tivesse reagido da mesma forma. Talvez não tivesse nenhuma dúvida sobre matar Thresh.

Mas jamais saberemos, pois ele morre em *Jogos Vorazes*.

Até mesmo Peeta vê como Katniss está mudando ao longo do tempo (é claro que ele também muda bastante, mas em outros aspectos). Às vezes eles trabalham juntos, como ao matar Cato durante a primeira participação dele nos Jogos Vorazes. Ali ela estava trabalhando com ele, não contra, e matava com grande arrependimento e apenas porque não tinha outra chance se quisesse sobreviver. Ele fazia o mesmo.

Às vezes ela acha que ele quer matá-la, mas ele implora para que ela o mate e sobreviva, o que a confunde completamente. Ela muda de ideia toda hora a respeito de

Peeta, hesita se deve ou não confiar nele e se o ama ou tem medo dele. É normal que as pessoas tenham as mesmas dúvidas em relação aos namorados, namoradas e cônjuges. Amor? Ódio? Os adolescentes mais apaixonados acabam terminando o namoro por razões que nem eles entendem. E isso não se resume aos adolescentes, adultos casados há tempos e com filhos se separam bastante e muitas vezes também não sabem a verdadeira razão. Por sorte, a maioria de nós não precisa escolher nossos romances em uma arena de horrores, onde teríamos que imaginar se nossos companheiros querem nos matar ou nos salvar.

Lá pelo fim de *Em chamas*, Katniss mata outros tributos na esperança de que suas mortes salvem Peeta. Não é à toa que o pobre Peeta fica confuso. É difícil entender por que ele é tão bom para ela em face do tratamento brutal que recebe. Quantos caras continuariam tentando ganhar o coração da garota enquanto ela continua jogando com ele, imaginando se ela ama outra pessoa? Que cara continuaria dizendo que quer se casar e a amar para sempre enquanto a garota nem sabe como se sente em relação ao outro cara? Adicione o conceito das matanças nessa mistura e a coisa fica explosiva. Será que ela quer matá-lo? E mais importante ainda, será que ela vai amá-lo um dia? No entanto, Peeta sujeita Katniss a emoções muito mais complexas, pois no fim ele começa a pensar que ela é uma mutação não humana que deve ser morta. Não é surpresa que a pobre Katniss fique confusa. Ele resume bem as coisas quando diz a ela em *A esperança*: "Estes últimos dois anos devem ter sido exaustivos para você. Tendo que decidir se me mata ou não".

Um pouco depois disso, Boggs quer que Katniss mate Peeta. Por sorte ela ainda tem autocontrole suficiente e continua sendo, no fundo, a Katniss do primeiro livro, o que quer dizer que ainda é decente e com moral.

Ainda assim, uma de suas condições para assumir o papel de Tordo é que ela matará o presidente Snow. Nesse ponto o leitor percebe que ela virou uma máquina de matar.

Quando está liderando o esquadrão 451, ela não só os coloca na linha de frente como também está determinada a matar Snow. E para o choque dos leitores, Katniss vota "sim" para um Jogo Voraz simbólico em que as crianças da Capital lutam umas contra as outras. Como já mencionamos, ela provavelmente fez isso como uma estratégia para fazer a presidente Coin pensar que ela estava a seu lado. Dessa forma seria mais fácil assassiná-la. Katniss pode ser uma máquina assassina nesse ponto, mas no fundo ela permanece com a mesma personalidade. Ela não é a favor de outros Jogos Vorazes, mas quer se livrar de Coin, que é tão deplorável quanto Snow.

Dadas as circunstâncias, muitos de nós fariam o mesmo.

A guerra e as batalhas enlouquecem as pessoas. Todos já ouvimos falar da síndrome de estresse pós-traumático, por exemplo, no qual soldados se tornam deprimidos, não conseguem dormir, fazer suas coisas do dia a dia nem pensar normalmente. A guerra os transforma em homens bem diferentes daqueles que saíram de casa para a batalha.

Claramente as tendências suicidas de Katniss e sua dependência pelas drogas que surge em *A esperança* são evidências de algo parecido com estresse pós-traumático. Ela perdeu a vontade de viver. E a habilidade de se ver como algo diferente do que uma pessoa terrível. Ela usa drogas para sair do ar e não ter que se lembrar de quem matou e o que fez. Contrastando com sua coragem e sua determinação inatas, ela é uma pessoa muito forte, Katniss não consegue passar pela guerra sem perder o rumo no final. Ela fica traumatizada a ponto de permanecer completamente entorpecida.

O comportamento dela é muito comum em crianças que são soldados, como descrito pelas Nações Unidas.

As crianças que são soldados representam as vítimas mais tristes do conflito: elas raramente emergem do serviço militar com o senso de seu próprio valor e identidade. E pior que isso é que normalmente elas experimentam uma violência que as deixa feridas física e psicologicamente. Enfrentando uma adolescência difícil, muitas crianças soldados se voltam para as drogas, álcool e comportamentos antissociais.

Lembre-se de Haymitch, que se torna alcoólatra depois de ganhar seus Jogos. Ele não consegue aguentar sua vida e perde todos que são próximos dele, por isso afoga suas memórias, sua culpa e seu sofrimento na bebida.

E Peeta, que tem uma grande sequela psicológica, não só pelos horrores dos Jogos como também porque foi envenenado para se tornar psicótico. A Capital rouba suas memórias e as substitui com seus piores medos juntamente com afirmações falsas.

Previsões do fim do mundo

1525-1600 d.C.

1525 d.C., Thomas Müntzer pregou na Alemanha e na Suíça que o fim do mundo era iminente, por isso os camponeses deviam se revoltar e matar todos que fossem ricos e poderosos ou estivessem no comando. Juntamente com 8 mil camponeses, Müntzer enfrentou espadas, canhões e militares corpulentos. Foi mesmo o fim do mundo para ele, que foi torturado e decapitado.

1528 d.C., Hans Hut e dezenas de milhares de seguidores previram que o fim do mundo ocorreria em dois de maio de 1528. Ele morreu na prisão.

1532 d.C., o bispo vienense Frederic Nausea (sim, era o nome dele mesmo, não estou inventando) proclamou que o mundo terminaria em 1532. A razão? As pessoas contavam coisas muito estranhas para ele como cruzes de sangue em cometas cruzando o céu, múltiplos sóis, pão caindo do céu, e ele acreditava em tudo.

1533 d.C., Michael Stifel, um matemático grego, ficou louco com seus cálculos e determinou que o mundo acabaria em outubro.

1534 d.C., Jan Matthys, que tomou o controle da cidade de Munster, afirmou que o mundo iria acabar na Páscoa e apenas Munster sobreviveria. Um vez que o apocalipse não veio, todos os católicos e luteranos que ele havia atormentado voltaram à cidade e o mataram.

1555 d.C., Pierre d'Ailly escreveu em 1400 que 6.845 anos tinham se passado desde a criação e que o fim do mundo ocorreria no ano 7000.

1583 d.C., o astrólogo Richard Harvey calculou que o apocalipse ocorreria ao meio-dia do dia 28 de abril de 1583. E ele não estava sozinho nessa previsão. E igual a todos os outros precisos cálculos do apocalipse, esse só mostrou que as pessoas precisam checar melhor suas matemáticas.

1584 d.C., o astrólogo Cyprian Leowitz calculou que o apocalipse ocorreria naquele ano.

1600 d.C., Martinho Lutero afirmou que o mundo acabaria naquele ano.

9. O *HYPE* EM RELAÇÃO AO CONTEÚDO

Um espelho dos tempos modernos

Peeta não sabe o que é real e o que está apenas em sua cabeça. Ele foi drogado com veneno de teleguiadas. Tanto em *Jogos Vorazes* quanto na vida real, a linha entre o que é verdadeiro e o que não é fica borrada e se mistura ao ponto de as pessoas não saberem qual é a verdade. Departamentos modernos de relações públicas não existiriam se a verdade fosse obrigatória. As empresas de propaganda quebrariam. O governo simplesmente entraria em colapso. Vamos encarar a verdade, o mundo só funciona com o *hype**, a propaganda. E a maioria de nós não sabe diferenciar o que é propaganda e o que é conteúdo de verdade.

Quantas pessoas assistem a *reality shows*? É a vida como ela é de verdade ou tem um pouco de ficção ali? Vamos ver alguns números e textos:

---

* Aquilo que está na moda, que está sendo comentado por todos. (N.T.)

A estreia da quarta temporada de *Keeping up with the Kardashians*, um *reality* que normalmente exagera as situações, atraiu 4,1 milhões de espectadores.

Kourtney & Kim take New York atraiu 3 milhões de espectadores em um domingo à noite.

PAUSA PARA A IMPRENSA: Os números de audiência vêm de pessoas que escrevem sobre celebridades. Será que são mesmo reais? Temos como ter certeza?

A série *Jersey Shore* teve uma audiência de 8,4 milhões de espectadores em sua reestreia.

O número acima é da *Entertainment Weekly*, bastante conhecida por acertar os números de audiência. Porém, eles também são o veículo mais especializado em publicidade e notícias de entretenimento. No dia seguinte divulgaram os números de audiência dizendo que *Jersey Shore* atraiu 8,9 milhões de espectadores.

A SEGUIR: *The real housewives of Beverly Hills* (um *release* afirma que a audiência em 14 de janeiro de 2011 foi de 3,7 milhões de espectadores) é um programa que segue os passos do incrivelmente bem-sucedido *The real housewives of New York* (2,8 milhões). Talvez os espectadores estejam mais interessados em ver barracos de esposas de celebridades do que algumas intrigas das saudáveis esposas de Manhattan. E sim, também tem o *The real housewives of New Jersey* (3,2 milhões) e o *Atlanta* (3,5 milhões), mas nenhum deles está em Beverly Hills com suas esposas-celebridades, então por que são tão populares? Sem esquecer que também assistimos

ao *The real housewives of Orange County* (2 milhões) e até mesmo um *The real housewives of D.C.* (1,6 milhões).

E não podemos nos esquecer de outros *realitys* como *The millionaire matchmaker* com seu 1,3 milhão de espectadores, *Project runway*, *Rock of love*, *A shot of love with Tila Tequila*, *America's next top model*, *The bachelor* e *The bachelorette*, *Celebrity rehab*, *The girls next door*, *The hills*, *Laguna beach*, *Hogan knows best*, *The Janice Dickinson modeling agency*, *The 5th. wheel*, *Shear genius*, *The surreal life*, e aqueles velhos sucessos: *Queer eye for the straight guy*, *Newlyweds: Nick and Jessica*, *The Osbournes*, *The simple life* e *Flavor of love*.

E se pesquisarmos acharemos muito mais séries de vida real que são exibidas nos Estados Unidos e no mundo todo.

Mas o que é que nos fascina, por que ficamos tão grudados em *reality shows*? E o que eles têm em comum com *Jogos Vorazes*? (Alguns leitores devem estar se perguntando: "E *Survivor*?" Aguarde, nós falaremos disso neste capítulo.

O que é real? O que não é? Isto é o que Peeta imagina durante os *reality shows* é o que ele e Katniss são obrigados a participar, e isso que o público fica imaginando em relação aos programas de "realidade" que passam em nossas televisões. A principal diferença é que os atores e atrizes sabem o que é verdadeiro e o que é falso, enquanto nos *Jogos Vorazes*, fora o romance entre Peeta e Katniss, não há muitas "atuações", todos os jogadores estão lutando por suas vidas. A maioria atualmente já imagina que os *reality shows* sejam ensaiados antes para aumentar o drama e as fofocas, e o que achamos ser real seja falso.

No seriado *The hills*, o ator Brody Jenner declarou: "Como vocês viram no fim, não dá para saber o que era real e o que não era, nosso relacionamento (com a atriz Kristin Cavallari) pode ter sido falso. A pergunta é, o que é real e o que é falso?".

Em *The Osbournes*, Jack mata um dos cães da família, mas ficou uma dúvida grande entre os fãs se aquilo tinha sido real ou não. E nos *Kardashians*, Rashad McCants, que namorou Khloe pouco tempo, declarou a uma coluna de fofocas que o programa é uma farsa. Em *Flavors of love*, o astro Flavor Flav deu uma declaração de que a atração era uma armação.

E o *The real world*, que foi um dos primeiros *reality shows*, imensamente popular e que se espalhou por umas vinte cidades, há tempos é visto pelos espectadores e colunistas de fofocas como completamente armado.

Qualquer um que já assistiu *reality shows* (e se ainda não viu, você faz parte da minoria) acredita que eles têm um roteiro e são fabricados. O objetivo primário deles é o de estimular a audiência e promover especulação. Eles querem entreter e ponto final.

Os Jogos Vorazes são uma mistura de vários *reality shows*: *Survivor*, *American Gladiator* e um pouco de cada um dos programas listados acima, pois, da mesma forma que muitos deles, os participantes vão sendo eliminados até que reste o vencedor.

É claro que é muito pior o fato de que na série de televisão dos Jogos Vorazes o combate seja totalmente real. Depois de serem submetidos aos caprichos dos estilistas e fashionistas, os tributos são entrevistados por Caesar Flickerman, um personagem bizarro que passa ao leitor a impressão de ser um vendedor ensaboado misturado com um boneco Ken, com um cara *punk rock*, com um relações públicas e com um antigo narrador dos concursos de miss. Vestidos e alimentados em banquetes, os tributos são entrevistados como se estivessem prestes a cantar no *American idol*. Da mesma forma que os ganhadores e competidores de programas como esse, por exemplo, Susan Boyle na Inglaterra, os tributos se tornam celebridades da TV.

É tudo tão forjado que algumas equipes de televisão simulam batalhas só para aumentar a audiência, Peeta e Katniss fingem que namoram para aumentar sua popularidade, e os patrocinadores são essenciais para se

ganhar os Jogos (assim como são importantes na vida real). Com relação à moda, há alguma dúvida de que as pessoas copiem o estilo de Katniss? Para dar um exemplo, Jessica Simpson ganha milhões com moda; seu *status* de celebridade a deixou muito rica e poderosa na indústria da moda.

Mas é alguma surpresa o povo da Capital estar mais obcecado com estilo do que com conteúdo? *E por acaso nós, no mundo real, não somos também mais obcecados com estilo do que com o conteúdo?*

É a obsessão pela dupla celebridades/moda que alimenta os tabloides e é o que leva os *paparazzi* a seguir a princesa Diana. Muitas pessoas estão obcecadas pelo último casamento real, mesmo em países que não têm realeza, como o Brasil. Entre os *paparazzi* e as fofocas, acabamos perdidos em uma ilusão de realidade apresentada pelas celebridades e especialistas em relações públicas. A Tila Tequila ficou famosa apenas por ser famosa. E Paris Hilton é famosa apenas por ter um *status* de celebridade, mas ela não ganhou um Oscar ou um prêmio de jornalismo. As pessoas gostam de saber o que ela está vestindo, e Paris também tem sua linha de roupas que vai muito bem.

Isso para não falar da política norte-americana, em que Sarah Palin gastou milhares de dólares em roupas e maquiagens para a campanha presidencial de 2008, mas era duramente criticada por ter mais estilo do que conteúdo.

Já Hilary Clinton, na mesma campanha, mostrava bastante conteúdo, mas era constantemente analisada e criticada pela imprensa por seu estilo e seu jeito de se vestir. E temos ainda Michelle Obama, a atual primeira-dama, que tem um estilista e cujas roupas já foram analisadas pela revista *Vogue*, além de já terem sido manchetes pelo mundo todo. O seu estilo é muito mais comentado do que o seu papel como primeira-dama.

Então por que ficaríamos surpresos dos tributos serem sujeitados ao mesmo tipo de moda, estilo, cabelos e outras coisas triviais como essas? Por que ficaríamos surpresos se o público não ligar para o mal que farão aos tributos, e sim para o que estão vestindo? A trilogia dos *Jogos Vorazes* reflete a obsessão atual da nossa sociedade com o estilo acima do conteúdo e, como toda grande ficção especulativa, a série leva o assunto ao extremo.

O povo da Capital é tão obcecado por moda que os tributos do Distrito 12 foram forçados a vestir fantasias que mostravam quase tudo ou até mesmo nada, apenas pó preto simbolizando o carvão. A primeira roupa de Katniss é uma peça única preta, botas brilhantes e uma capa esvoaçante e um chapéu. Ela precisa sorrir, acenar para a multidão como se fosse a rainha da Inglaterra em sua carruagem e, se tiver sorte, os patrocinadores se lembrarão do fogo em sua capa e cabeça.

Enquanto isso, os cidadãos da Capital fazem várias plásticas, tingem os cabelos (e o corpo) de cores estranhas e parecem extravagantes e até bizarros. Infelizmente, no mundo real, os apresentadores de TV também fazem cirurgias plásticas e tingem os cabelos para continuar empregados e, de perto, muitos deles também parecem bizarros. Nossas celebridades são ainda piores, cirurgia plástica é o básico; e sem os retoques, as escovas e outros floreios artísticos, eles podem parecer muito mais que bizarros.

No livro *Em chamas*, Flavius comenta que gostaria de poder fazer "alterações" em Katniss, e ele está se referindo a cirurgias plásticas. Octavia e Venia concordam que se isso ocorresse Katniss ficaria muito mais bonita.

De acordo com os dados divulgados pela Sociedade Norte-Americana de Cirurgiões Plásticos (ASPS) em 7 de fevereiro de 2011, em meio a uma grande crise econômica, 13,1 milhões de cirurgias estéticas foram feitas em 2010. Além disso, foram realizadas 5,3 milhões de intervenções de reconstrução plástica. Então se você acha que as pessoas da Capital em *Jogos Vorazes* são loucas por fazer procedimentos estéticos bizarros, considere a nossa própria sociedade e suas práticas bizarras em uma era em que as pessoas morrem de fome, não têm moradia ou emprego. O presidente da

ASPS diz que as cirurgias mais procuradas são: aumento de seios, correção no nariz e nas pálpebras, lipoaspiração e abdominoplastia.

Além disso, milhões de pessoas aplicam botox no rosto e gordura a fim de parecerem mais jovens, removem veias e até mesmo colocam silicone para parecerem musculosas. As pessoas estão dispostas a fazer todo o tipo de cirurgia mesmo correndo vários riscos como o de uma cicatriz grande, sangramentos, infecções, coágulos, descoloração da pele, inchaço permanente, dores prolongadas, problemas no coração e pulmão e ainda assim... o fato de milhões de pessoas ainda estarem dispostas a correr esses riscos a fim de parecerem mais atraentes fisicamente é uma visão assustadora do que a nossa sociedade atual tem na cabeça.

No caso da Capital as coisas vão bem mais longe do que apenas cirurgias plásticas. As pessoas implantam garras e bigodes, desenham padrões, tingem suas peles e muito mais. Quão estranho isso é? No nosso mundo, tudo isso também é possível.

Inicialmente Katniss acha que sua equipe de preparação (Flavius, Octavia, Venia e Cinna, seu estilista) são completos idiotas. Mais tarde ela aprende a gostar deles ao ver que são pessoas reais que foram pegas por uma sociedade de bizarrices e, quando eles morrem, ela fica devastada. Isso vale para muitas pessoas em nosso mundo. Não é porque alguém passou pelas cirurgias plásticas descritas acima que essa pessoa se torna má ou pior que os outros. Todos nós podemos ser atraídos pelas coisas bizarras de uma sociedade.

No futuro, provavelmente será algo rotineiro alterarmos nosso DNA do mesmo jeito que fazemos cirurgias plásticas, usamos lentes de contato coloridas ou tomamos antidepressivos. Os produtos genéticos nos darão peles macias e mudarão nossas personalidades de acordo com o que quisermos ser.

No entanto, além de estilo e moda, os tributos também aprendem a caminhar como se estivessem em uma passarela,

a sorrir e olhar nos olhos das pessoas. Na vida real, temos programas dedicados a competições nas passarelas, como *America's next top model*, por exemplo.

E existem muitos outros exemplos de *reality shows* no mundo real, mas é mais do que adequado fecharmos este capítulo falando de *Survivor*. O programa foi criado em 2000, nos Estados Unidos, e ficou tão popular que fez os *reality shows* se espalharem pela TV. A atração já foi filmada em todos os cantos do mundo: Nicarágua, Fiji, China, Bornéu, Austrália, África, Tailândia, Brasil, Samoa e outros.

Jogos Vorazes é uma versão extrema de *Survivor*. Suzanne Collins levou o programa ao horror de um futuro apocalíptico distópico, colocando os competidores uns contra os outros por um prêmio muito mais valioso do que dinheiro ou mercadorias.

Da mesma forma que as pessoas da Capital mal podem esperar pelos Jogos, aparentemente as pessoas no mundo real também são obcecadas por *Survivor*. A audiência do programa é incrível, variando de 10 milhões a 52 milhões de espectadores.

Survivor é um programa no qual tribos de estranhos são levadas a um local de jogos desconhecidos e que varia de temporada para temporada. Os competidores precisam encontrar água, comida e abrigo, igual aos Jogos Vorazes. Eles formam alianças e competem entre si para não serem eliminados. Apenas uma pessoa vence o jogo, que é chamada de *sole survivor* (único sobrevivente). Ele também ganha milhões de dólares, do mesmo jeito que o único sobrevivente dos Jogos Vorazes, que ganha uma mansão e comida para vida toda. Do mesmo jeito que os Idealizadores dos Jogos mudam as regras o tempo todo, os de *Survivor* também fazem isso. O objetivo é manter o programa divertindo as pessoas, afinal, se os competidores usarem sempre as mesmas estratégias para vencer, ninguém assistirá ao programa.

E a nossa pergunta principal, e quanto ao conteúdo? *Survivor* é real ou falso? De acordo com a emissora de TV, o

programa é real na maior parte, mas eles contratam modelos e atores para as temporadas. No *Survivor Fiji*, quase todos os participantes, exceto um, foram recrutados.

Previsões do fim do mundo

1603-1800 d.C.

Agora você já deve ter percebido que, através da história, centenas ou até mesmo milhares de profetas do apocalipse surgiram e convenceram as massas de que "todos vamos morrer... a qualquer segundo". A lista é extensa e só estou colocando aqui alguns exemplos, mas existem muitos outros.

A partir de agora, tentarei pular muita coisa e falar apenas das previsões mais importantes que nos trarão aos dias de hoje.

1603 d.C., Tomasso Campanella, um monge dominicano, disse que o Sol e a Terra colidiriam naquele ano.
1623 d.C., outros matemáticos, como Eustachius Polyssel calcularam que o mundo acabaria nesse ano.
1624 d.C., outra inundação em Londres deveria ocorrer e causar o fim do mundo. E não aconteceu.
1654 d.C., Helisaeus Roeslin afirmou que o mundo acabaria em uma bola de fogo naquele ano.
1657 d.C., de acordo com os Fifth Monarchy Men of England, o apocalipse aconteceria entre 1655 e 1657.
1662 d.C., na América do Norte, o clérigo Michael Wigglesworth escreveu um longo poema chamado "O Dia do Juízo", no qual afirmava que o mundo iria acabar. A qualquer segundo...
1666 d.C., uma data que tem de ser mencionada por causa do 666. Esse ano foi o seguinte a uma guerra civil na Inglaterra e à grande praga, e também foi quando houve o grande incêndio de Londres.

1688 d.C., John Napier, o matemático que descobriu os logaritmos, para a preocupação de muitos adolescentes, também fez cálculos do apocalipse. O primeiro dizia que o mundo acabaria em 1688.

E mais e mais e mais e mais. É sério, daria para fazer um livro apenas com previsões do fim do mundo. Vamos fechar com o segundo cálculo de Napier que dizia que o mundo acabaria em 1700; a previsão de Jacques Bernoulli de que seria em 1719 por causa de um cometa; outra inundação aterrorizante prevista por William Whitson em 1736; e a teoria de William Bell de que o mundo acabaria em 1761 por causa de um terremoto.

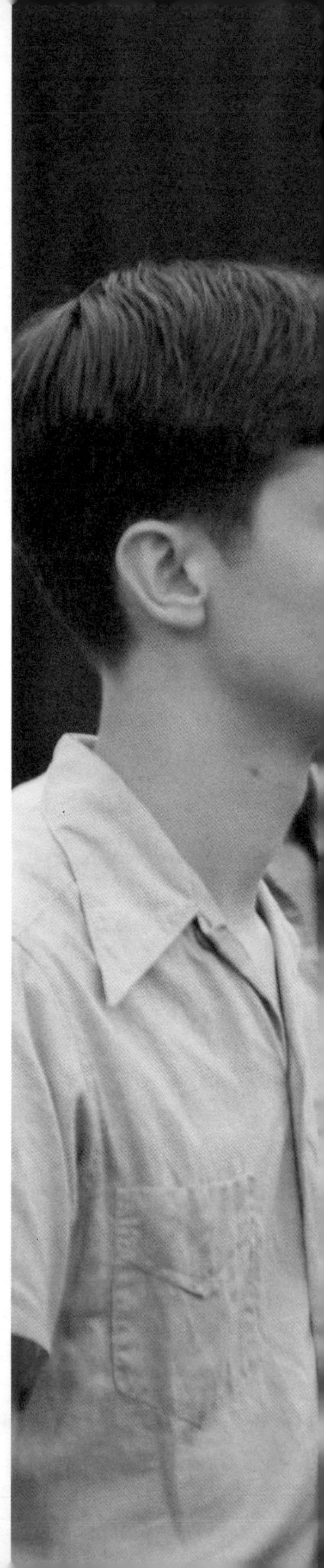

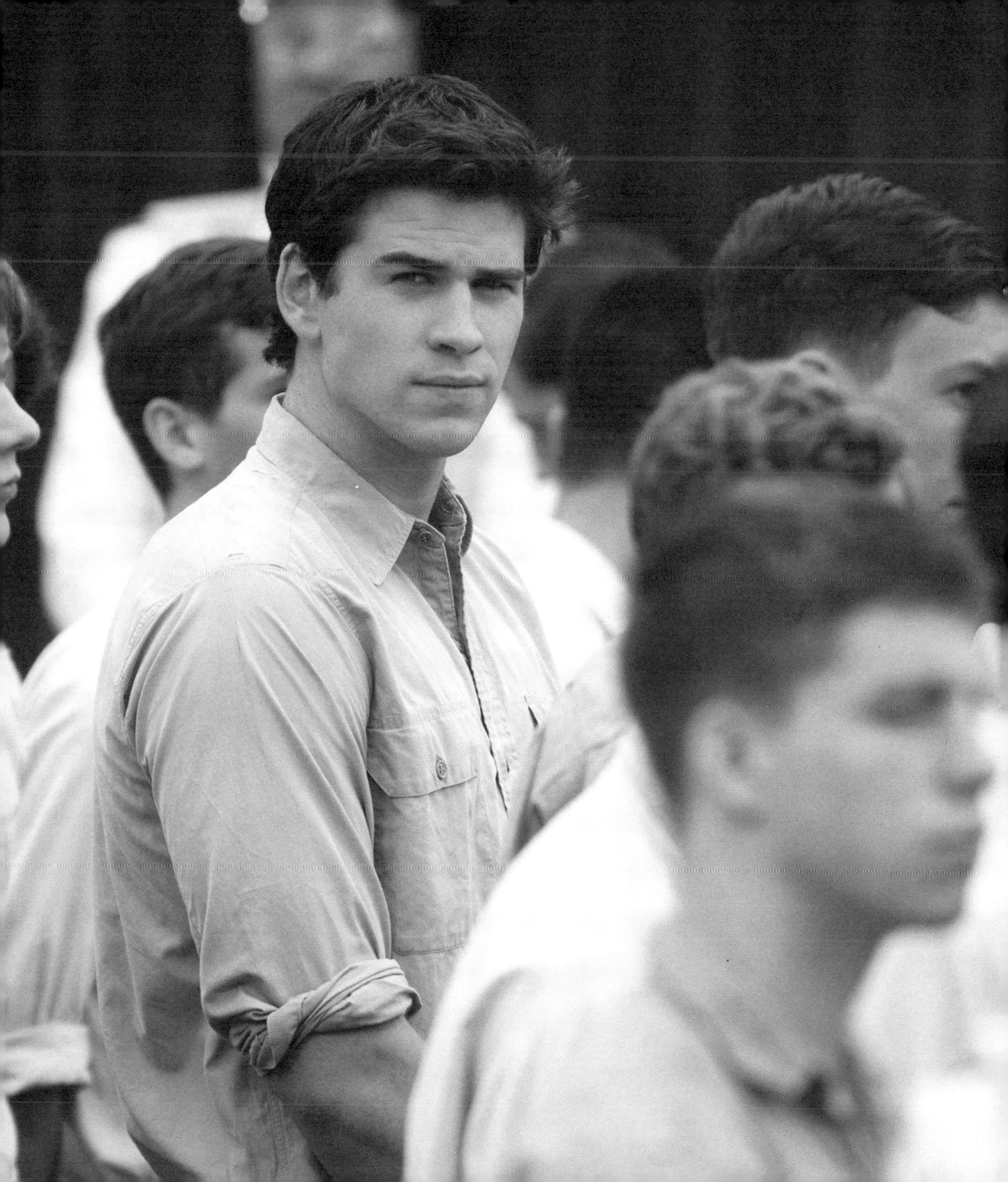

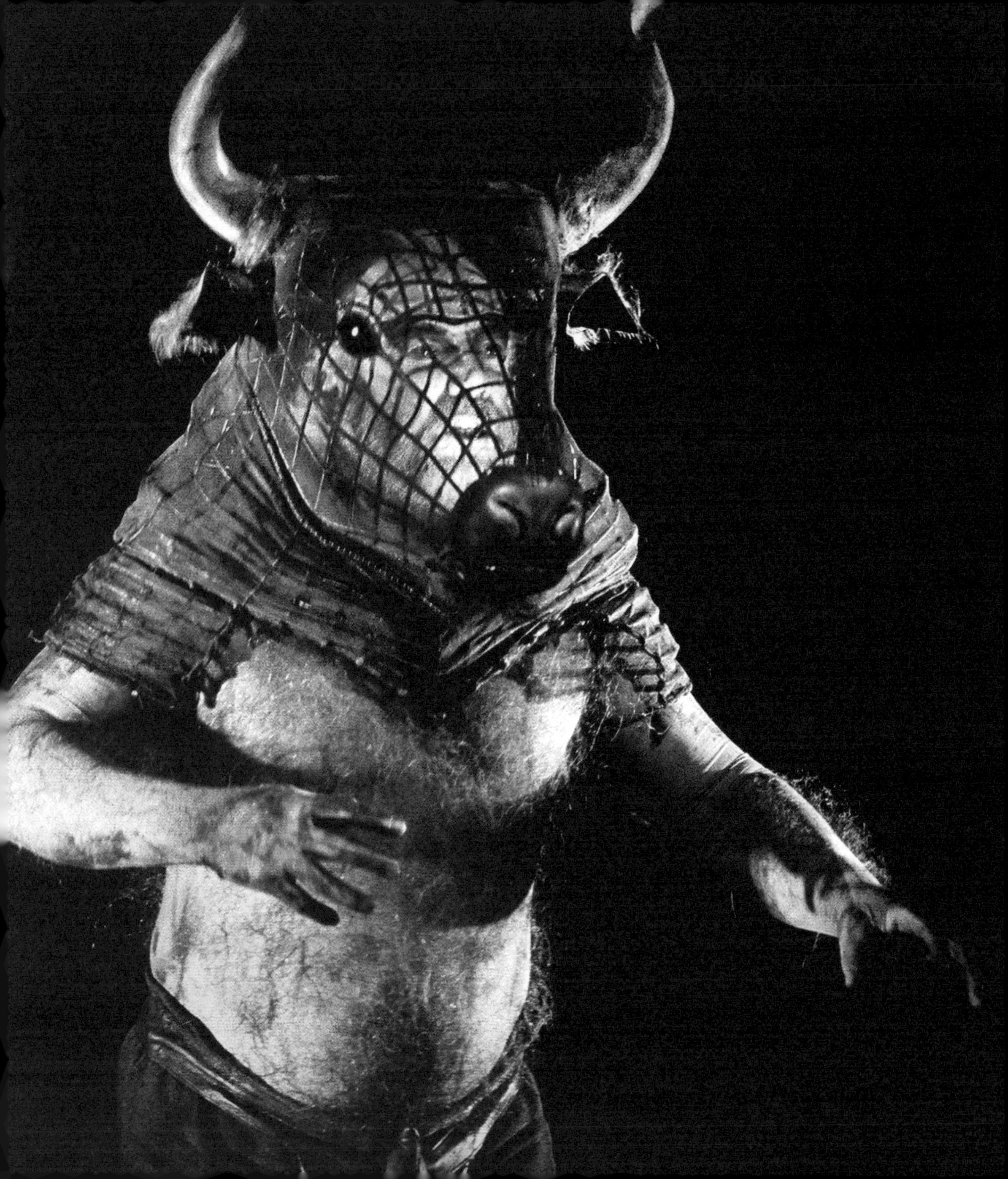

10. TESEU E O MINOTAURO

Paralelos

Numa famosa entrevista, Suzanne Collins nos diz que o antigo mito de Teseu e o Minotauro serviu como uma "influência significante" para a série *Jogos Vorazes*. Ela disse que via Katniss como um Teseu do futuro.

Mas quem era Teseu e em que Katniss se parece com ele?

De acordo com a mitologia, Teseu era filho do rei Egeu, da antiga Atenas, e de Etra, filha do rei Piteu, de Trezena. Em princípio, Egeu não sabia que Teseu era seu filho porque Etra escondeu isso dele, aliás durante a trama ela afirma que o pai de Teseu era Poseidon.

A mulher de Egeu na época, Medeia, deu à luz um menino chamado Medo. Enquanto isso Etra leva seu filho Teseu a uma pedra onde Egeu tinha escondido sua espada e suas sandálias.

Quando cresceu, Teseu viajou a Atenas para conhecer seu pai, mas Medeia não queria que o filho competisse pelo trono, por isso mandou Teseu para o que achava ser uma tarefa mortal: capturar o touro selvagem da planície de Maratona. Esperando que ele morresse, Medeia fica chocada quando Teseu captura o touro e convence Egeu a envenenar o vinho do rapaz, pois seria uma ameaça ao seu trono. Por sorte, na hora "H" Teseu pega sua espada, e Egeu o reconhece como filho, arrancando a taça que está quase nos lábios dele e expulsando Medeia de Atenas.

Nessa época Egeu estava em guerra contra seu irmão, o rei Minos de Creta. As pessoas de Creta sofriam com a fome e a guerra e, como resultado disso, Minos decretou que todos os anos, durante nove anos, sete meninos e sete meninas fossem sacrificados para o Minotauro.

Lutando pelo trono com seus irmãos, Minos resolveu tomar medidas desesperadas. Ele rezou a Poseidon para ter um touro branco como sinal da aprovação do deus para que ele governasse Creta. E prometeu sacrificar o touro em honra dos deuses gregos. Mas quando viu a beleza do touro ele não teve coragem de matá-lo. Porém, isso foi uma má ideia. Não se deve mexer com os deuses. Poseidon ficou furioso e lançou sua magia sobre a mulher de Minos, Pasífae, que se apaixonou pelo touro. E então, como acontecia nas histórias sobre os deuses antigos, ela teve um filho com o touro branco. E não era um menino nem uma menina. Era o Minotauro: um monstro com corpo de homem, mas com cabeça e rabo de touro.

Minos ordenou que o arquiteto Dédalo criasse um enorme labirinto onde ele aprisionaria o Minotauro. E então, a cada ano durante nove anos, ele pegaria sete meninos e sete meninas de Atenas e os jogaria no labirinto, onde o monstro os comeria.

Esperando acabar com os sacrifícios, Teseu se voluntariou para ser um dos jovens a lutar pela vida com o monstro. É nesse ponto que Suzanne Collins faz a comparação entre as histórias e diz que Katniss é o Teseu do futuro. Ele veleja até Creta onde a filha de Minos, Ariadne, ajuda-o a derrotar o Minotauro.

Enquanto isso Egeu acha que o Minotauro matou Teseu e se joga da Acrópolis no que mais tarde seria chamado de Mar Egeu.

Na mesma entrevista, Suzanne Collis diz que ficou muito impressionada, mesmo ainda sendo bem jovem, com "essa mensagem implacável: 'Mexa com a gente e faremos algo pior que matar você. Nós mataremos suas crianças'".

Previsões do fim do mundo
1856-1900 d.C.

1856 d.C., muitas pessoas consideraram a Guerra da Crimeia (1853-56) como o *armagedom*. Se a Rússia tomasse a Palestina, tudo estaria perdido.

Pularemos centenas de previsões e iremos para 1870, quando *O Destino Final do Homem*, de Irvin Moore, previu que naquele ano Jerusalém se tornaria a capital do mundo e então o apocalipse aconteceria.

1891 d.C., o fundador dos mórmons, Joseph Smith, previu em 1853 que o apocalipse ocorreria em 1891.
1900 d.C., outro ano marcado como do fim do mundo, quando o padre Pierre Lachèze nos designou para a total extinção e cem membros da seita The Brothers and Sisters of the Russian Red Death se mataram antes que o apocalipse os levasse.

11. INSTINTOS DE SOBREVIVÊNCIA E ESTRATÉGIA

Katniss sabe o que está fazendo?

Desde o começo da série *Jogos Vorazes*, sabemos que Katniss Everdeen opera em modo de sobrevivência todos os dias. Seus instintos e suas estratégias estão bem afinados por anos de prática. Sua necessidade de sobrevivência contra todas as probabilidades é a base da trilogia, e a autora Suzanne Collins nos convence disso logo de cara. Sabemos que a série será permeada por horror, ação, aventura, tragédia, miséria e competição.

As páginas iniciais do primeiro livro constroem Katniss como uma garota de quem gostamos: ela é boa e ama a mãe e a irmã. Mas essas mesmas páginas mostram outro lado da vida dela: a mãe não parece tão "derrotada" enquanto dorme e Katniss tentou afogar o gato da irmã quando ele era apenas um filhote. Ficamos sabendo imediatamente que há um lado negro na vida daquela garota doce.

Suzanne Collins dá as dicas do terror que virá logo no começo quando diz que Katniss oferece entranhas para

Buttercup comer, que ela caça para alimentar a família e que naquele dia, mais uma vez, ela precisa enfrentar a colheita.

Os instintos de sobrevivência e as estratégias são imprescindíveis para Katniss quando ficamos sabendo que ela mora no Distrito 12, a Costura, onde os mineiros de carvão mal conseguem alimentar suas famílias, onde a floresta é proibida e cercada por arames e cercas que, é claro, são eletrificados.

Aquele é um lugar onde faltam as coisas básicas como energia elétrica, comida, trabalho e conveniências modernas. Temos a sensação de que Katniss está vivendo em tempos medievais, mas ao mesmo tempo temos certeza de que não estamos nessa época. As pessoas são executadas pelos Pacificadores por qualquer razão. Todos passam fome o tempo todo, até mesmo as pessoas do governo.

Ao longo dos três livros, Katniss usa quase todas as técnicas de sobrevivência conhecidas da humanidade. A sociedade dela é distópica e pós-apocalíptica e coloca crianças para lutar entre si até a morte em uma arena que lembra o Coliseu. E as batalhas deles são transmitidas para o mundo todo (o mundo deles) em um *reality show*. Katniss não tem escolha a não ser matar para salvar a própria vida e enquanto batalha em arenas diferentes em *Jogos Vorazes* e *Em chamas* recebe "presentes" e até pontos de vitalidades, como se fosse a heroína de um *video game*. Mas diferentemente de um jogo de computador, ela sofre perdas reais, como seus amigos, sua irmã e sua própria sanidade. O sofrimento físico é muito mais apurado do que em um *video game*, e a dor emocional é terrível, por isso que a boa ficção ainda nos afeta de maneiras que um jogo não consegue.

Fica claro também que a autora conhece bastante a respeito de técnicas de sobrevivência em sociedades primitivas.

Katniss normalmente tem muitos pesadelos, o que é algo normal na síndrome de estresse pós-traumático. Ela

treina constantemente para as batalhas, usa camuflagem, sabe como achar e conservar água, comida, armas e remédios. Ela sabe como procurar abrigo e dormir sem ser morta. Todos esses são aspectos de estratégias reais de sobrevivência.

E se tudo falhar, ela tem até mesmo amoras venenosas para cometer suicídio. Não é exatamente um meio de sobrevivência, mas é uma arma usada em espionagem e em guerras para proteger o resto do grupo.

Água

Vamos começar com a água, um recurso crítico para qualquer um que esteja perdido em uma floresta ou em uma arena de combate. Katniss sabe como arranjar água no meio ambiente e, quando precisa de dicas, Haymitch está lá para ajudá-la. O último conselho que ele dá antes de ela ir para a arena é "encontre uma fonte de água".

Vamos ver agora algumas técnicas reais de como obter água e comparar com o que Katniss faz.

Você pode se camuflar, criar armas, esconder-se em árvores ou cavernas etc., é possível improvisar muitas coisas quando se está no mato, menos água. Se tiver um laboratório de química talvez você consiga, mas, se estiver em uma floresta, terá que saber arranjar água de outro jeito.

A maioria de nós depende da rede de energia elétrica e da água que é bombeada para casas, restaurantes, escritórios etc. Se a rede elétrica cair, a água local secará nos canos e, antes que percebamos, as pessoas precisarão buscar água em fontes naturais. O mesmo acontece com um poço, que pode secar ou se tornar poluído.

Nós temos lagos, riachos e rios. Podemos coletar água das chuvas. Mas como podemos purificar a água para não ficarmos doentes? E isso pode ser feito no meio do mato?

É claro que pode.

Com uma fonte de água você estará muito bem preparado para o fim do mundo. Da mesma forma que na arena dos Jogos Vorazes e em um mundo pós-apocalíptico, as pessoas matarão para acessar e controlar uma fonte de água.

É inteligente purificar a água antes de beber, seja ela vinda de uma fonte, de um poço ou mesmo da chuva. Se você estiver em uma área populosa ou em fazendas, é bom destilar ou tratar a água contra pesticidas e herbicidas. Infelizmente a maioria dos métodos de purificação, como ferver e tratar com soluções com cloro ou com filtro, não acaba com toxinas químicas.

A purificação precisa pelo menos remover partículas de sujeira, o que você consegue ao passar a água por algumas camadas de tecido. Se possível, coloque cloro ou iodo e então filtre em algo mais fino.

Existem também os esterilizadores UV que controlam bactérias, parasitas e viroses que podem haver em águas rasas. O equipamento não necessita de produtos químicos e é compacto o suficiente para ser levado pela floresta ou algo assim. Outros filtros usados comumente em acampamentos ou por quem pratica caminhadas necessitam de bateria.

O antigo método de ferver a água já ajuda, em alguns países as pessoas nem chegam a ferver, acreditando que a certa temperatura a água já está purificada. O ideal é aquecer a água acima de 72°C por trinta minutos, e se ela ultrapassar 85°C matará os patogênicos em alguns minutos.

Um dos métodos mais efetivos de esterilização da água no mundo é o tratamento com iodo, que mata mais os cistos de *Giardia* do que o cloro. Você pode encher uma garrafa de água de alguma fonte natural, adicionar cristais de iodo, sacudir a garrafa e esperar uma hora. Então coloque uma tampa de solução iodada para cada um quarto de galão de água.

Ou você pode usar iodo líquido, cinco gotas para águas límpidas e dez para turvas. E é isso que Katniss usa em *Jogos Vorazes*. Ela teve sorte de possuir em sua mochila uma garrafa de solução de iodo e uma de água com tampa. Já sabendo como sobreviver na selva, ela adiciona o número certo de gotas e espera meia hora. Ela também tem sorte de não ser alérgica a iodo, o que não é algo tão comum, mas acontece.

Depois de esterilizar a água, você precisa de algo para carregar essa água com facilidade. No começo de *Jogos Vorazes*, Katniss tem a opção de correr até a Cornucópia para pegar um contêiner de água e tentar não ser morta, mas desiste e acaba tendo sorte de haver uma garrafa na mochila que pega. Rue, por outro lado, consegue apenas um odre.

Demora um pouco até ela achar uma fonte de água, e Katniss fica esperando que Haymitch mande um paraquedas com água, que seria um presente de um patrocinador.

Já no segundo livro é mais difícil encontrar água. Aliás, isso vira um grande problema, pois desta vez os Jogos acontecem em uma arena redonda com água salgada, onde o sol é quente e o ar úmido. Sem água Katniss fica com muita sede, especialmente por ter que caminhar pela floresta em um clima tão úmido.

Depois de muito procurar, os dois dão de cara com um roedor que está com o focinho molhado e então percebem que estão perto de uma fonte de água. Como em um *video game*, rapidamente um patrocinador manda uma cavilha de presente e, mais uma vez usando sua experiência em sobrevivência, Katniss se lembra de ter visto o pai enfiando cavilhas em árvores para pegar a seiva, e é dessa forma que ela consegue preciosas gotas de água em sua segunda participação nos Jogos Vorazes. Se não tivesse essa experiência toda, Katniss jamais teria sobrevivido ao primeiro dia dos Jogos Vorazes e muito menos às batalhas mortais que ocorrem no segundo e no terceiro livros.

É irônico que, quando Katniss é escolhida para os Jogos, ela acaba ganhando o luxo de ter toda a água limpa que quiser. Os tributos não só têm um quarto para cada um deles como também possuem um banheiro privativo com água quente e fria. Katniss fica maravilhada com todo aquele luxo, pois para ter água quente em casa sua família precisa esquentar em panelas. Mais tarde, ao se preparar para os Jogos na Capital, ela fica ainda mais impressionada pelo chuveiro em seu banheiro. O painel dele tem inúmeras opções que vão da temperatura da água, pressão, sabonetes, xampus, aromas, óleos e esponjas de massagem. Esse chuveiro futurista me lembrou dos *Jetsons*, o antigo desenho da Hanna Barbera. Se não sabe do que estou falando, procure vídeos dos *Jetsons* no YouTube e verá os banheiros e chuveiros personalizados. Eles são tão avançados que até escovam os dentes de George Jetson. Mas em vez de água eles são ultrassônicos e as pessoas não precisam tirar a roupa para usá-los.

Comida

Após a água, a comida parece ser o aspecto mais crítico de sobrevivência na natureza. Abrigo é importante também, pois o protege das intempéries, mas sem comida você morrerá com certeza.

Comida, como todos os leitores de *Jogos Vorazes* sabem, é algo que as pessoas do Distrito 12 não têm de modo suficiente, e é a chave para que Katniss aprenda a caçar na floresta para manter sua família viva.

E não é apenas importante que a pessoa encontre algo que a sustente, mas também é preciso ter um pouco de variedade. Katniss vasculha sua floresta à procura de carne, grãos, frutas e vegetais. Há aproximadamente 120 mil plantas comestíveis na Terra, e Katniss claramente consegue identificar o suficiente para sobreviver. Quando participa dos Jogos, ela tenta fazer o mesmo: caçar e procurar outras comidas.

Em geral, sem os métodos modernos de estocagem, preparação e de consumo da comida, ajudará bastante se você tiver alguns itens fundamentais.

Sal é importante para preservar muitos alimentos e muitas vezes pode atrair animais selvagens, que podem ser caçados. Arroz também seria útil, assim como trigo e outros grãos. Milho, aveia, leite em pó, frutas e vegetais em conserva e óleo são coisas que sempre fazem parte do estoque de um abrigo ao estilo "vamos todos morrer" que ouvimos de tempos em tempos. Muitas famílias norte-americanas mantinham esses itens estocados em seus porões, que serviriam de abrigo em caso de bombardeio.

Mas para alguém como Katniss (ou que tenha que sair de casa às pressas e se esconder na floresta), esse tipo de lista não é algo prático. Será praticamente impossível encontrar as comidas listadas acima e mesmo outras.

Logo no começo de *Jogos Vorazes*, ficamos sabendo que, antes de morrer em uma explosão de uma mina de carvão, o pai de Katniss a ensinou a procurar comida na floresta.

Ela tinha apenas onze anos quando se tornou responsável por alimentar sua irmã Prim e sua mãe, que se afundou em depressão e letargia.

Bons alimentos encontrados na floresta são amoras, nozes, peixes, pássaros, ovos, mamíferos, insetos, crustáceos, algas marinhas e até agulhas macias de pinheiro. E Katniss caça e encontra a maioria deles durante a série.

No começo da história, Katniss explica que aprendeu a sobreviver colhendo dentes-de-leão (uma memória conectada a Peeta), agulhas de pinheiros e cebolas selvagens, pegando ovos de aves e pescando com uma rede. Por sorte essas habilidades a ajudam nos primeiros Jogos, que acontecem em uma floresta de pinheiros. Ela come a casca macia que há dentro dos galhos.

Durante o segundo livro, ela retorna para uma casinha na floresta aonde ia quando era pequena e percebe que algo está errado quando sente o cheiro de agulhas de pinheiro fervidas. É um indicador claro de que não está sozinha e de que alguém que também sabe sobreviver na floresta está lá. Há outras pistas, é claro, mas quantos de nós reconheceriam o cheiro de um ensopado de agulhas de pinheiro?

Além de saber o que comer na natureza, conhecimentos de sobrevivência também precisam incluir o que evitar. No geral, graças às noções sobre a floresta do pai e às de medicina herbal da mãe, Katniss também sabe o que não comer. Qualquer guia de sobrevivência, como o que acabou de ser publicado pelo exército norte-americano, lista os alimentos a serem evitados: sapos, carrapatos, moscas, insetos que picam, mordem ou têm corpos peludos, peixes de água salgada com bicos de papagaio ou espinhas e cogumelos e outros fungos que podem ser venenosos.

Quando era mais jovem, Katniss aprendeu a deslizar por baixo da cerca quando a eletricidade estava desligada por algumas horas no fim da tarde, descobriu como manter os arcos e flechas em uma árvore oca e, diferentemente da maioria das pessoas, tinha sorte de ter essas armas porque

seu pai as fez e a ensinou como usar. Ela e Gale aprenderam a trocar a carne da caça por outros alimentos de que suas famílias precisavam.

Aliás, garantir os alimentos foi sempre algo tão central para Katniss que ela acha que, sem a caça, pesca e a busca na floresta, não há mais nada no mundo.

Compare agora as habilidades de Katniss com as de Peeta em conseguir comida, que até se dá bem, mas oferece a ela suas amoras sem saber que são venenosas.

Prover a família também é algo muito importante para Gale Hawthorne e, no segundo livro, ele vai trabalhar nas minas de carvão enquanto Katniss caça para sua família. Ela recebe comida da Capital, mas por causa do orgulho Gale fica muito relutante em aceitar comida dela. Apesar de ser coerente que Katniss continue caçando, não faz nenhum sentido que Gale rejeite a comida em abundância que a Capital oferece para ajudar sua família que passa fome, afinal eles são melhores amigos há muito tempo. E quando sua família passa fome, você faz o que for preciso.

O orgulho masculino é uma coisa estranha. Quando Katniss se torna "noiva" de Peeta, Gale fica furioso e recusa todos os presentes que ganha dela, até mesmo uma bolsa de couro com comida.

Ambiente e abrigo

O ambiente onde você está perdido, ou onde se encontra lutando até a morte nos Jogos, é a chave para sua sobrevivência. Se você cresceu perto de uma floresta, saberá como sobreviver nela, ou em um deserto, ou em um oceano? Ou terá que aprender aos poucos e usar as habilidades de sobrevivência que adquiriu ao longo da vida, como fez Katniss?

Verdadeiros sobreviventes se adaptam a ambientes estranhos e mergulham naquilo que os cerca. Eles protegem e analisam constantemente seus recursos, os perigos à volta e os padrões do novo ambiente, procurando por pistas que os ajudem a sobreviver. Por exemplo, sobreviventes buscam comida, água, abrigo e qualquer coisa que lhes der alguma vantagem. Quando confrontados com algo que parece mortal ou mesmo com a falta de recursos para sobreviver, eles se movem para um lugar mais adequado, se isso for possível.

Essas são as habilidades que Katniss usa, por isso podemos dizer que ela é uma sobrevivente no sentido exemplar da palavra.

OS PILARES DA SOBREVIVÊNCIA

1. Você precisa de oxigênio em três minutos senão morrerá. Em uma nuvem de gás tóxico, você deve correr e sair de perto dela rapidamente.
2. Você deve achar água potável ou morrerá depois de três dias.
3. Você precisa dormir ou em três dias estará exausto demais para sobreviver.
4. Você precisa buscar abrigo em situações de clima extremo em três horas, senão morrerá. Se estiver em uma floresta quente sem água ou sem comida, você deve sair rapidamente. Fuja de uma nevasca. Se estiver no lugar de Katniss no livro *Em chamas* e por acaso se deparar com uma onda gigante, macacos mutantes ou chuva de sangue, é melhor correr o mais rápido que puder.
5. Sem comida, você pode sobreviver por até três semanas se tiver gordura acumulada em seu corpo e água suficiente.

No primeiro livro, Katniss precisa sobreviver em um ambiente parecido com o do Distrito 12, que possui árvores nas quais ela pode dormir à noite e se esconder e um terreno

onde consegue se localizar. Ficamos sabendo que o Distrito 12 se localiza onde ficava a antiga área de Appalachia, o que nos dá uma dica do terreno e da vida selvagem.

Os Montes Apalaches vão do Quebec até os morros do sudeste norte-americano nos estados do Alabama e Mississipi. Mas a área especificada como Appalachia é muito menor, apesar de ainda ser uma região grande que inclui partes de treze estados e mais de quatrocentos condados, englobando Nova York, Pensilvânia, Ohio e outros.

Então de onde ela vem? Onde fica o Distrito 12? No mínimo sabemos que ela vem de algum lugar no leste da América do Norte.

Temos algumas outras pistas: pinheiros, os tipos de animais e plantas que ela come e, possivelmente o mais importante, o fato de o Distrito 12 ter minas de carvão. Esta última pista diminui a região de Katniss para o oeste da Pensilvânia ou mais para o sul, ou no oeste da Virginia, ou no leste de Kentucky, ou no sudoeste da Virginia, ou no leste do Tennessee ou no Alabama. Infelizmente isso é tudo que sabemos, portanto fica difícil ser mais preciso.

MONTES APALACHES

As outras pequenas pistas são de que o Distrito 12 tem uma população pequena de 8 mil pessoas. E sabemos que as pessoas não estão espalhadas, pois todas se conhecem e sempre aparecem na praça para ver as colheitas e os anúncios. É possível que todos vivam em uma pequena área do distrito e que ele tenha uma grande extensão não ocupada, provavelmente por causa do evento apocalíptico que gerou o mundo atual. E sabemos que o Distrito 12 é o fim da linha, de acordo com Katniss.

Há muitos debates entre os fãs para saber onde os distritos ficam localizados, mas ninguém sabe ao certo, a não ser a autora.

Outra coisa que sabemos é que faz frio nas montanhas do Distrito 12 e também que isso acontece nos primeiros Jogos, pois Katniss usa um casaco de um material especial que mantém o calor do seu corpo para que ela não passe frio à noite. Ela também usa botas com solado de borracha para correr mais rapidamente.

Já no segundo livro, no Massacre Quaternário, o ambiente é muito mais difícil para Katniss e suas habilidades de sobrevivência são utilizadas ao extremo. A arena lembra um relógio gigante e cada divisão de hora tem um ambiente com um perigo diferente.

Quando é colocada na arena, ela é confrontada com um círculo de água salgada. Ela está munida de um equipamento de flutuação, o cinto, apesar de não saber, e precisa chegar até a praia e de lá ir para a floresta.

É um lugar de combate muito mais difícil e elaborado para Katniss, que teve de usar muito mais a cabeça por não estar acostumada com aquilo.

E o pior é que além de estarem em uma floresta desconhecida muito quente e úmida, com dificuldade para encontrar água, ainda há perigos mortais como os macacos mutantes em cada esquina. Por sorte (não muita), eles não precisam lidar com alguns aspectos ruins de florestas de verdade como nuvens de pernilongos e milhares de sanguessugas.

Antes de viajar para uma floresta, as pessoas são aconselhadas a se adaptarem ao clima e às condições e também a se prepararem fisicamente, mas mesmo os que já estão precisam se acostumar ao clima úmido e quente. Infelizmente, Katniss e as outras crianças não têm esse privilégio e sofrem com o que encontram.

Além disso, a nova área possui tantos perigos para os tributos que é quase como se eles estivessem enfrentando As Dez Pragas do Egito, quando Deus se cansa e as lança, ao que Moisés grita "Deixe o meu povo em paz!" e lidera sua fuga.

Suprimentos médicos

Sobreviver em meio à natureza é difícil se você não tiver pelo menos um pequeno *kit* de primeiros socorros. A maioria das pessoas leva coisas como:

- Bandagens adesivas de vários tamanhos.
- Rolos de esparadrapo para cobrir ferimentos maiores e infecções, mobilizar tornozelos, pés etc.
- Alfinetes de segurança.
- Tesouras.
- Antisséptico.
- Sabão.
- Analgésicos.

É impossível não nos lembrarmos da infecção na perna de Peeta em *Jogos Vorazes*, que desencadeou a febre, o pus, a sonolência. Katniss espera que um patrocinador mande um remédio anti-infecção antes que Peeta morra. Ela usa folhas mascadas, tudo que está presente na natureza e um unguento ineficiente, pois ele serve para queimaduras. E pode esquecer um *kit* de primeiros socorros: os tributos estão por conta própria. Eles têm sorte se conseguem colocar a parte queimada do corpo em água gelada, mas se querem bandagens, terão que rasgar pedaços de roupas. O máximo que podem esperar é que um paraquedas caia do céu.

Talvez essa seja a única área onde os tributos, incluindo Katniss, estão por conta própria e não têm chance sozinhos. Se sofrer uma fratura, você está perdido. Se for uma infecção, reze para que um remédio caia do céu.

Treinamento e conhecimentos gerais

Se você se perder na natureza, como no primeiro *Jogos Vorazes*, e estiver com outras pessoas, é essencial identificar imediatamente as habilidades dos seus adversários, ou no mundo real, a dos seus amigos. É preciso saber se alguém tem ou sabe:

- Identificar plantas.
- Navegar.
- Medicamentos.
- Conhecimento do terreno.
- Conhecimento do clima.
- Fazer e, consequentemente, apagar um fogo.
- Força física e resistência.
- Correr rapidamente.
- Reagir de forma rápida e inteligente.
- Construir abrigos.
- Caçar.
- Manejar armas.
- Dar nós.

Todos esses tópicos parecem coisas lógicas, mas sem treino a maioria de nós não tem ideia do que fazer se de repente nos encontrássemos na arena lutando por nossas vidas.

De acordo com o manual de sobrevivência do exército norte-americano, você deve fazer o seguinte ao ser confrontado com uma situação de risco de morte na natureza:

- Avaliar a situação.
- Usar seus sentidos e ser cauteloso.
- Lembrar-se de onde está o tempo todo.
- Dominar o medo e não entrar em pânico.
- Improvisar e fazer ferramentas, armas, abrigo etc.
- Valorizar a vida e continuar lutando pela sua!
- Agir como os nativos, percebendo como vivem ali.
- Viver de acordo com sua intuição, mas se utilizar de suas habilidades básicas.

É claro que todos os tributos acabam tendo alguns treinamentos básicos na Capital e,somados a alguns conhecimentos que talvez já possuam, isso pode ajudá-los a sobreviver. Mas há uma coisa para a qual não existe treinamento: ver como um nativo age, e nisso Katniss leva vantagem nos primeiros Jogos. Se prestarmos atenção, ela é muito boa em todos os itens do manual acima.

Previsões do fim do muno

1910-1989 d.C.

1910 d.C., o cometa Halley deveria matar a todos nós. As pessoas tomavam pílulas de cometa para expelir as toxinas lançadas pelo cometa assassino.

1914 d.C., Testemunhas de Jeová, que previram repetidamente o *armagedom*, apontaram esse ano como o mais certo para a morte de todos. Pode imaginar como chegaram a 1914? Usando a matemática, claro.
1914 d.C., a Primeira Guerra Mundial foi anunciada como a maior guerra de todas, o verdadeiro armagedom.
1917 d.C., junto à guerra veio a gripe espanhola que matou milhares de pessoas. Certamente o fim do mundo estava chegando. A qualquer segundo...
Década de 1940, Segunda Guerra Mundial, não preciso falar mais nada.
Década de 1950, muitas e muitas previsões de apocalipse, a maioria cortesia dos alienígenas ou das armas nucleares.
Década de 1960, mais do mesmo, mas com a inclusão de um novo cenário de apocalipse criado por Edgar Cayce, no qual o continente perdido da Atlântida se levantaria do oceano e com isso várias cidades seriam inundadas. Em 1969 houve o terrível incidente com Charles e a Família Manson, no qual eles mataram pessoas famosas para podem se tornar líderes do mundo pós-apocalíptico que surgiria depois de uma guerra.
Década de 1970, muita coisa igual e um destaque para o cenário de *armageddom* do reverendo Charles Meade: sua igreja do Fim do Mundo acreditava que o planeta acabaria em breve, então as pessoas deveriam se preparar parando de ler tudo, engravidando na adolescência e ficando solteiras, deixando de ir a médicos e ignorando tudo que não fosse do culto.
Em 1977 d.C., Salem Kirban afirmou que o mundo acabaria porque abelhas assassinas atacariam os Estados Unidos.
1978 d.C., no dia 18 de novembro, 919 pessoas se mataram em Jonstown, na Guiana. Em um culto ao apocalipse liderado por Jim Jones, seus seguidores ficaram aterrorizados com o holocausto racial iminente e o *armageddom* nuclear. Obedecendo às ordens de Jones, todos tomaram um refrigerante envenenado e então se deitaram para morrer juntos. Qualquer um que tentasse fugir tinha o veneno injetado no corpo ou recebia um tiro.

12. REMÉDIOS E VENENOS

Simples e complexos

Ervas medicinais, xaropes para dormir, morfináceos: todos possuem papéis importantes nos três livros da série. Katniss não apenas sabe quais plantas comer e quais evitar como também tem sorte de ter uma mãe médica.

Na parte dos venenos, os mais importantes são as amoras venenosas usadas por Katniss e Peeta para vencer o presidente Snow e seus comparsas. Porém, o mais interessante são os venenos que não envolvem plantas, como o das teleguiadas que é usado para sequestrar a mente de Peeta.

A mãe de Katniss é uma especialista em medicina herbal, basicamente a curandeira do Distrito 12. A sorte deles é que ela sabe o que está fazendo ao usar as plantas e que seus métodos não estão ligados a Deus, deuses ou espíritos. Para sorte de Gale, que é chicoteado e é tratado pela mãe de Katniss — que até aplica morfináceo nele, apesar de não sabermos como ela tem agulhas e como as mantém esterilizadas.

É interessante notar que o gato Buttercup tem o nome de uma planta (ranúnculo), Prim tem o nome de uma planta (prímula) e até mesmo Rue se refere a uma planta (arruda).

Katniss quase mata Buttercup, mas depois acaba se afeiçoando ao gato, que no início é briguento, entretanto depois de ser alimentado e cuidado, ele se torna quase dócil. Os ranúnculos são quase todos venenosos, mas quando são cortados e fervidos (ou cuidados), se tornam seguros para o consumo.

A prímula é uma flor delicada que possui tanto suas folhas quanto as flores comestíveis. Prim é casta e delicada como uma flor inocente.

Já a arruda é uma erva amarga que tem gosto horrível. Mas mascar folhas de arruda pode aliviar dores de cabeça, tensão e ansiedade. Rue masca umas folhas verdes e depois as aplica na pele inchada para aliviar a dor das picadas.

O primeiro presente que Katniss recebe de um patrocinador é um óleo medicinal para queimadura que erradica instantaneamente a dor dela, e sabemos que não é um remédio feito de ervas, e sim algo feito nos laboratórios da Capital. Todos temos consciência de que água fria ajuda a amenizar a dor de uma queimadura, *aloe vera* e antibióticos também, mas isso se for leve, de primeiro ou talvez de segundo grau. Mas as graves, de terceiro grau, necessitam de ajuda média imediatamente.

Sagittaria latifolia

Antes de morrer, o pai de Katniss disse a ela que, enquanto ela conseguisse se encontrar, jamais passaria fome. Katniss, além do nome da protagonista, também é o apelido dado a uma planta aquática que se chama *Sagittaria latifolia*. Outros nomes conhecidos são cabeça-de-flecha, *duckpotato*, *tulepotato* e *wappato*. Todas as formas de "katniss" produzem

tubérculos que podem ser consumidos por humanos. Assados ou cozidos ficam tão bons quanto batatas, às vezes até melhores.

Outra coisa interessante é que suas folhas têm o formato de cabeças de flecha, e a habilidade especial de Katniss é o uso do arco e flecha.

Outro remédio que vemos em *Jogos Vorazes* é o xarope para dormir que Katniss recebe enquanto espera por uma medicação para curar Peeta, e ela nos diz que é um preparado de ervas simples, que é barato e comum no Distrito 12. No mundo real, alguns xaropes para tosse dão sono, mas nenhum é tão forte quanto o do livro.

Já o morfináceo, que claramente se refere à morfina, é prescrito pelos médicos para pacientes que fizeram cirurgias bem graves, pois não é o tipo de droga que você vai querer usar casualmente. Quando viciados em heroína não conseguem sua droga, eles procuram morfina, que age diretamente no sistema nervoso reduzindo a dor. Não é à toa que Katniss se torna viciada em morfináceo depois de passar tanto tempo no hospital tomando a medicação.

Já as amoras venenosas são inventadas no livro e podem matar instantaneamente. E Cinna, em *A esperança*, garante que Katniss tenha pílulas de suicídio em um bolso escondido em seu ombro. Isso é normal em várias guerras, quando os soldados levam essas pílulas para o caso de serem capturados e torturados para revelar segredos. As amoras acabam tendo o mesmo efeito quando Peeta e Katniss ameaçam se matar e obrigam a Capital a declarar que os dois são vencedores.

Finalmente temos o veneno injetado pelas teleguiadas, uma espécie enorme e assassina mutante de vespa que foi criada nos laboratórios do governo. Também ficamos sabendo que o veneno delas pode matar ou, no mínimo, causar alucinações e insanidade.

É claro que no mundo real temos vespas assassinas, abelhas assassinas e uma grande variedade de venenos, mas as vespas assassinas reais não roubam nossas memórias nem nos perseguem aonde quer que vamos.

Previsões do fim do mundo

1989-2000 d.C.

Essa era e as duas décadas anteriores viram a publicação de muitos livros apocalípticos e pós-apocalípticos, alguns escritos por cientistas respeitáveis e outros por caras loucos.

E as profecias continuaram iguais aos séculos e às décadas anteriores. Veja as mais importantes:

1992 d.C., em 28 de outubro daquele ano, supostamente deveríamos morrer de acordo Lee Jang Rim, líder da Missão Coreana dos Dias Vindouros.

1993 d.C., David Koresh fixou o apocalipse para 1995, mas queria se adiantar a ele, então forçou seus seguidores a resistirem quando a polícia atacou sua residência em Waco, no Texas. Na troca de tiros, quatro agentes morreram com seis seguidores. Depois de 51 dias resistindo, tanques invadiram a propriedade derrubando as paredes e dispersando gás que Koresh tinha instalado. O lugar pegou fogo e matou 75 seguidores, sendo 21 crianças.

1998 d.C., 31 membros do culto Solar Temple foram presos porque as autoridades temiam outro suicídio em massa. Eles acreditavam que o mundo iria acabar às oito da noite do dia oito de janeiro de 1998, e seus corpos mortos seriam levados ao céu por uma espaçonave.

1998 d.C., no dia oito de março, desta vez outro culto, no sul da Índia, tinha certeza de que o mundo seria destruído por terremotos e que o país afundaria no mar. Era nesse dia que o Lorde Vishnu retornaria.

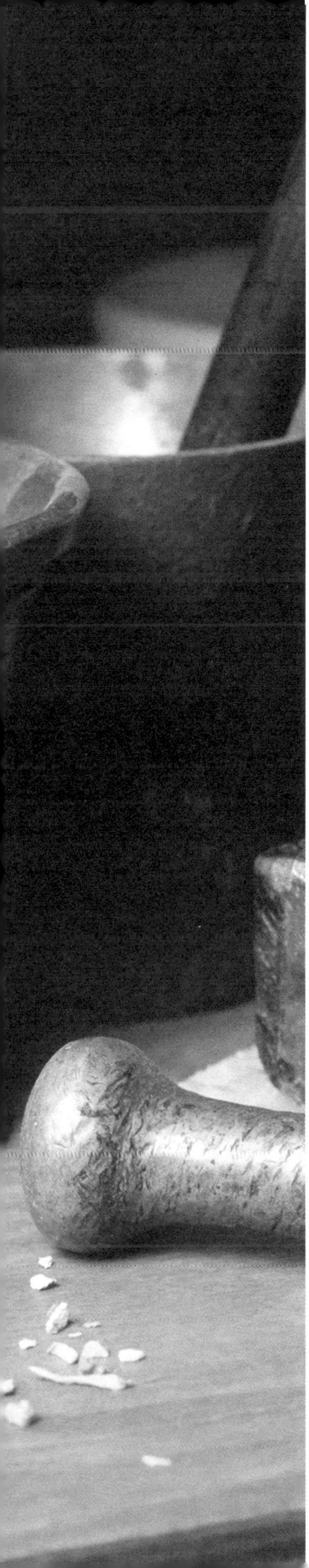

1998 d.C., mais estranho ainda foi Hon-Ming Chen, líder da igreja Salvação de Deus, de Taiwan, que disse aos seguidores que Deus apareceria às dez da manhã do dia 31 de março em um disco voador. E seria igualzinho a ele.
1998 d.C., vamos combinar que esse foi outro ano de fartura para os apocalípticos. Um culto chamado Igreja dos SubGênios afirmou que em 5 de julho, Xistos dos Planeta X chegariam em discos voadores e destruiriam todos na Terra. Mas qualquer fiel da igreja que pagasse o suficiente seria transportado para um lugar seguro.

Fala sério! Mas ainda tem mais.

Não podemos nos esquecer de **1999 d.C.**, o ano que seria o fim de todos os anos, ou pelo menos muita gente acreditava nisso. Talvez o mais importante foi Nostradamus ter dito que julho de 1999 era o mês que tudo morreria. Esse ano nos deu morte por cometas, holocausto nuclear, *armageddom*, o dia do julgamento final e até mesmo a destruição da civilização moderna pelo infame Y2K, o chamado *bug* do milênio.

Se sobrevivêssemos a 1999, teríamos que enfrentar o ano 2000, com tantas previsões de apocalipse quanto em qualquer outro período da história. Talvez tenhamos mais profetas agora do que antes, ou o mais provável é que nós documentemos a nossa paranoia de forma muito melhor.

De qualquer forma, em 2 de janeiro de 2000 o mundo ainda estava aqui. Do mesmo jeito que em 31 de dezembro de 2000.

13. MUTAÇÕES E OUTROS HÍBRIDOS

Pássaros, feras e rosas

O que são as mutações no livro? Primeiro pensamos que são os tributos mortos que a Capital deu um jeito de transformar geneticamente em feras assassinas. Eles têm os olhos dos tributos mortos, seus rostos e seu cabelo. Um tem até o colar com o número do distrito de Glimmer. Mas ao ler *Jogos Vorazes* eu me peguei pensando em como a Capital poderia ressuscitar tributos mortos.

As mutações são um dos aspectos mais horríveis da série, especialmente enquanto ainda imaginávamos como era possível Rue retornar como uma fera meio lobo com ódio nos olhos. Como era possível?

Para falar a verdade, também me perguntei como Katniss nunca viu essas feras meio-tributos nas transmissões de Jogos anteriores.

Deixando tudo isso de lado, ficamos sabendo que igual aos tordos geneticamente alterados, aquelas feras mutantes meio-lobo e meio-humanas eram criadas em laboratório. Elas não eram humanas nem pessoas ressuscitadas. Eram animais criados artificialmente. Da mesma forma que os macacos mutantes, eles eram programados para matar pessoas.

Na série temos esses lobisomens, estranhos monstros meio-homem, meio-lagarto; os macacos; os tordos e as teleguiadas.

A ideia de animais criados em laboratório, misturando a genética de vários animais já aparece na literatura de ficção científica há muito tempo. Lá atrás, em 1896, H. G. Wells escreveu o clássico *A ilha do doutor Moreau*. Edward Prendick é salvo de um naufrágio e acaba na ilha do título, onde descobre que o doutor Moreau faz experiências com mutações de animais e humanos. Os melhores híbridos têm olhos humanos que refletem inteligência e sensibilidade, e em *Jogos Vorazes* acontece o mesmo com os bestantes que Katniss encontra na arena. Se o doutor Moreau fez isso em 1896, por que a Capital não pode transformar humanos e animais em monstros híbridos que têm características humanas e consciência de animais selvagens?

A questão é que a engenharia genética do mundo atual não está longe de atingir o estágio mostrado nos livros, por isso digo que não é absurdo o que vemos nos Jogos Vorazes. É algo terrível? Sim, é, mas não impossível.

CAPA DO LIVRO A ILHA DO DOUTOR MOREAU

Um artigo da *National Geographic*, em 2005, alertava que "os cientistas cruzaram o limite entre humano e animal ao produzir quimeras, uma criatura híbrida parte humana e parte animal". A matéria falava que, em 2003, cientistas chineses fundiram células humanas com ovos de coelho. Que em 2004 a

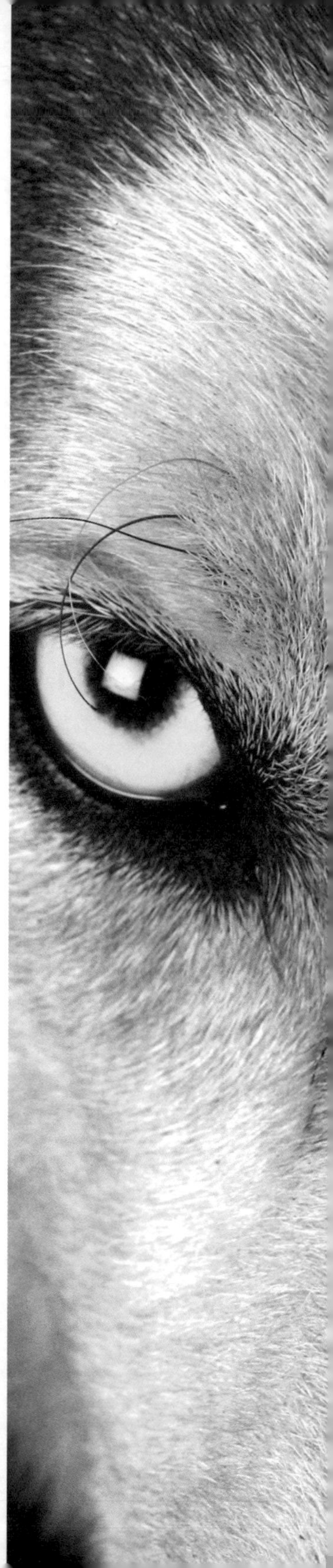

Clínica Mayo criou porcos que tinham sangue humano em vez de sangue de porco.

Se estamos rumando para termos híbridos de humanos e animais, será que podemos ter uma rosa gigante que é tão potente que seu cheiro chega a dar náusea? É claro que sim. As rosas gigantes são possíveis se forem transgênicas, e certamente sua fragrância é apenas uma questão de ajuste. Se o presidente Snow precisa de rosas hipermegacheirosas para cobrir o cheiro de sangue de sua boca, a engenharia genética de rosas resolveria isso.

Finalmente, se podemos fazer animais híbridos em laboratório, algum dia poderemos ter os tordos e os gaios tagarelas dos livros. Os gaios eram usados como espiões da Capital, repetindo tudo o que o povo dizia. Já os tordos são resultado de uma geração do cruzamento dos gaios com tordos normais, que até seriam mais bem traduzidos como tordos tagarelas.

E existem pássaros de verdade, como papagaios e periquitos, inclusive há um papagaio chamado N'Kisi, que parece saber de 560 a 950 palavras. Muitos pesquisadores dizem que eles fazem muito mais do que apenas repetir os sons: eles poderiam analisar e pensar antes de "falar".

Os tordos são conhecidos por repetir músicas. Eles copiam os sons de vários outros pássaros e podem passar de um som para outro. Em um minuto, um tordo pode reproduzir de 15 a 20 músicas diferentes. E em 30 minutos esse número pode chegar a 450 músicas. Mas o macho parece gostar de inventar músicas conforme cresce e melhora seu repertório para conseguir atrair as fêmeas.

Com isso, se levarmos em consideração as outras alterações genéticas que a Capital faz, não seria difícil criar uma espécie de pássaro que repita com precisão as vozes humanas. E a Capital acaba não acreditando que sua invenção sobreviveria, mas isso acontece porque os gaios tagarelas cruzam com os tordos, da mesma forma que subestima o outro tordo, acha que Katniss também não sobreviverá.

Previsões do fim do mundo
2001 até agora

Quando 2001 chegou sem nenhuma das profecias apocalípticas de 1999 e 2000 ter acontecido, as previsões diminuíram, mas não acabaram completamente. Isso seria contrário à natureza humana.

Ao lado das obsessões pelo fim do mundo, vieram os ataques terroristas ao World Trade Center em 11 de setembro. Os horrores aquele dia, curiosamente, não foram previstos por nenhum profeta do apocalipse.

Então voltamos ao mesmo de sempre, pessoas prevendo o fim do mundo, o holocausto nuclear, ataques alienígenas, discos voadores, pragas etc.

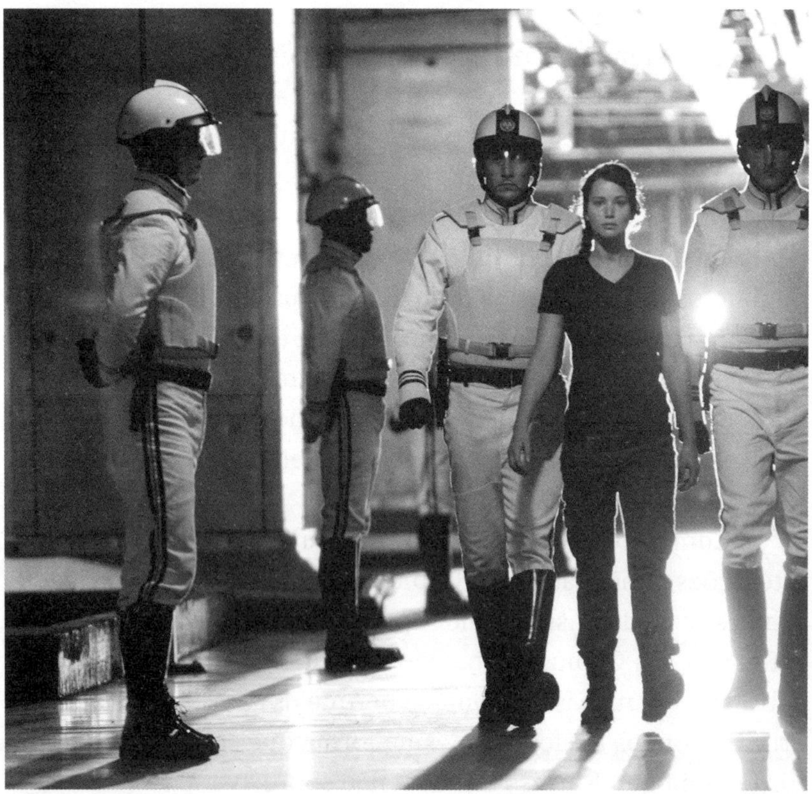

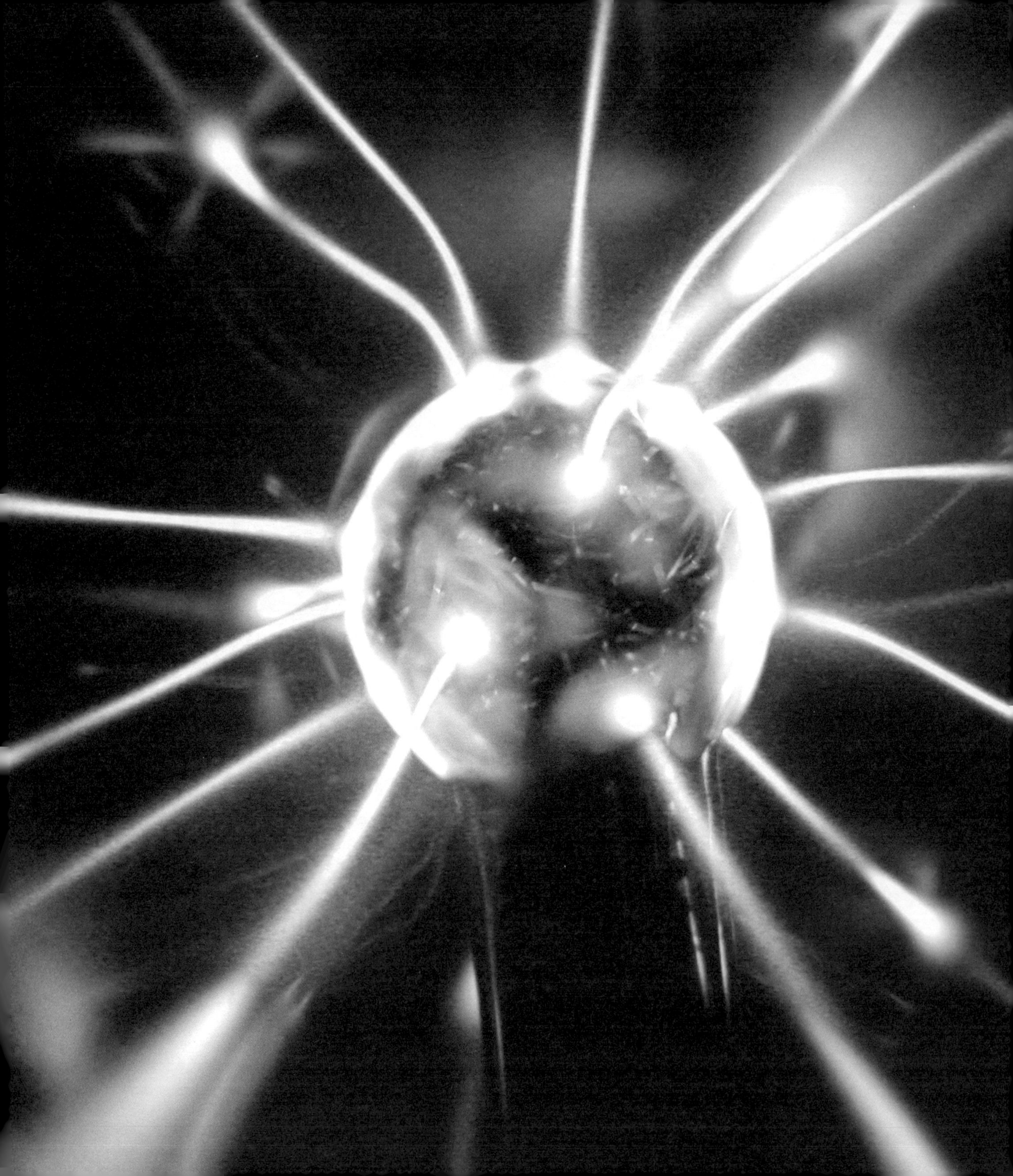

14. MAIS CIÊNCIAS DIFERENTES

Uma passada rápida

A série *Jogos Vorazes* contém bastante ciência especulativa, que é algo tradicional em ficção científica, e algumas das coisas mais óbvias são as mutações. Mas os livros também incluem formas de ciência que já existem ou que existirão em um futuro bem próximo, como os campos de força, os óculos de visão noturna, as armaduras, a perna nova de Peeta, os chuveiros tecnológicos, os aparelhos de comida e roupa e o aparelho Holo. Como muitas dessas tecnologias são parte do "uau" que torna a série um fenômeno, falaremos um pouco sobre elas, mas lembre-se de que a ciência é algo secundário em face da fome, da sobrevivência, do amor, da morte, do mal, das torturas, das armas, dos regimes repressivos, da força, da honra, da determinação e até mesmo da compaixão diante das terríveis possibilidades.

Começaremos com os campos de força, que vemos várias vezes durante a série *Jogos Vorazes*. Eles aparecem no topo do prédio de treinamento de Katniss e Peeta, eles cercam as arenas dos Jogos Vorazes e descobrimos que foi usando o campo de força que Haymitch venceu seus Jogos, e um deles é explodido por Beetee e Katniss no Massacre Quaternário.

Os campos de força são algo básico em ficção científica e parecem estar em quase todos os episódios de *Jornada nas Estrelas*. Eles são usados como muros invisíveis ou refletores de raios. Os campos de força ainda são mais da ficção científica do que da ciência real, mas parece que avanços estão ocorrendo.

Em 2010, pesquisadores britânicos descreveram uma nova tecnologia de campo de força que estavam desenvolvendo para proteger veículos militares de ataques. E há também o ADS, um sistema de defesa desenvolvido por uma empresa chamada Rafael juntamente com o setor de pesquisa e desenvolvimento de Israel, que também parece ser efetivo contra mísseis e foguetes.

Já os óculos de visão noturna são um objeto fácil de conseguir atualmente e que permite que você veja muito bem no escuro. Rue conta a Katniss que algumas crianças recebem óculos desses para continuar trabalhando durante a noite nos campos.

Ao que parece, a Capital sabe fazer armaduras muito resistentes, pois quando Cato veste uma nos primeiros Jogos, Katniss não consegue matá-lo. Mas os bestantes acabam mordendo e arrebentando a armadura, deixando ele à beira da morte.

Armaduras existem desde o começo da história humana, e, sempre que alguma arma nova era criada, uma nova armadura também era desenvolvida, mas as armas de fogo mudaram isso. Atualmente temos os coletes à prova de balas que dão alguma proteção, mas não tanta assim. Existem umas vestes modernas que não usam metal, e sim fibras supertecnológicas que protegem quem usa a roupa.

Mais avançado que isso apenas os exoesqueletos humanos, que são um tipo de armadura robótica que dá força e faz a pessoa correr e caminhar mais rapidamente.

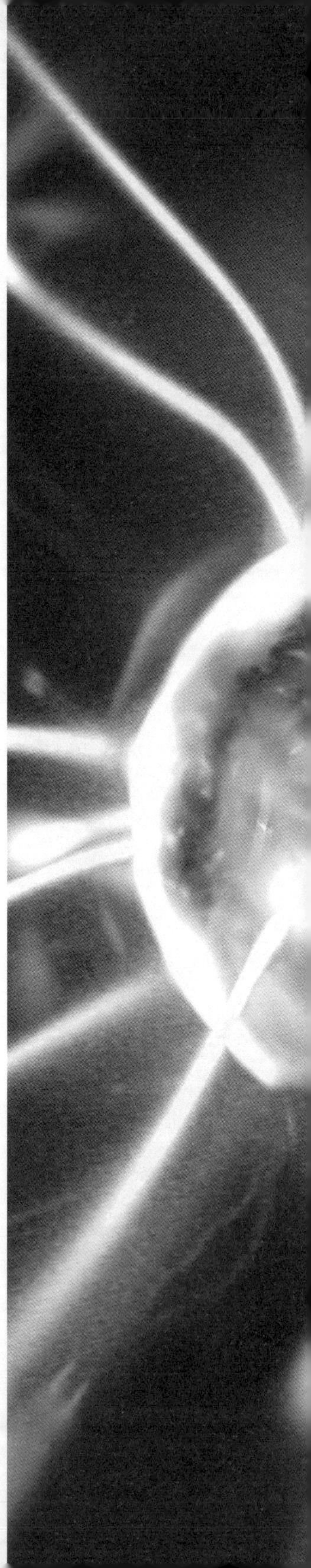

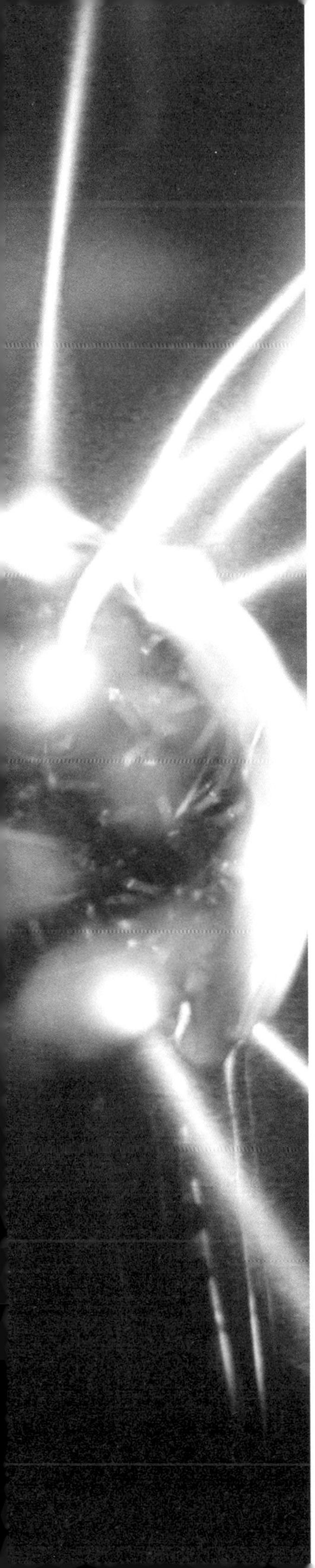

Já a perna mecânica de Peeta é algo que já existe no mundo real, talvez apenas não tão avançados quanto as próteses da Capital.

Os grandes "uaus" que temos na série *Jogos Vorazes* são os chuveiros, os *closets* e as despensas ultramodernas que Katniss usa no Centro de Treinamento. Ela pode escolher entre mais de cem opções de água, xampu, óleos e esponjas e pode instruir seu *closet* a criar uma roupa para ela. Como disse antes, parece algo saído diretamente do antigo desenho dos *Jetsons*, assim como mencionar o nome de uma comida gostosa e, em um minuto, receber um prato dela.

Como essas coisas são feitas?

Provavelmente combinando inteligência artificial, robótica, sensores, micromaquinários, processadores de distribuição e outras tecnologias, os cientistas poderão criar uma grande variedade de materiais e aparelhos inteligentes nas próximas décadas.

Se você já assistiu bastante à *Jornada nas Estrelas*, então sabe tudo sobre aparelhos holográficos ou *holodecks*. Se já visitou um grande museu, provavelmente já viu holografias.

Em *A esperança*, o aparelho de mão Holo nada mais é do que um GPS holográfico que dá um *zoom* em um mapa e mostra localizações específicas. No Google Earth, você consegue ver em 3-D quase tudo que quiser: oceanos, praias para surfar e mergulhar e muito mais. Você pode andar ao redor do mundo e ver rua por rua e o que mais quiser. As imagens que temos acesso só não são ao vivo, como no sistema Holo no terceiro livro. Ao que parece, ele tem que ser atualizado constantemente por ser uma guerra em que eles precisam encontrar armas e pessoas escondidas. (Não entendo exatamente qual é a necessidade de usar imagens holográficas, mas que é muito bacana, ah isso é.).

Previsões do fim do mundo

O futuro de um legado profético antigo

Quando este livro estiver impresso e em suas mãos (ou em sua tela, se for este o caso), pode ser que 2012 d.C. já tenha passado. As forças da natureza, teoricamente, se juntarão para nos destruir em dezembro de 2012. O *armageddom* chegará, e o calendário maia será o culpado. Não sou de apostar, mas até eu arriscaria que ainda estaremos aqui em janeiro de 2013. A tradição maia, na verdade, não define o fim do mundo em 2012, então espera-se que 2012 seja um período de iluminação.

2033 d.C., nesse ano se completarão 2000 desde a crucificação, então cuidado!

Aproximadamente no ano 5 bilhões d.C., o Sol estará velho e nos atacará. O hidrogênio dele se fundirá em hélio, seu centro entrará em colapso e o Sol inteiro explodirá. Seremos todos fritos.

15. MAPA E CURIOSIDADES

Pistas de localização e traduções

Como já foi falado antes, temos poucas pistas de como seria realmente o mapa de Panem. Sabemos apenas que se trata de um mundo pós-apocalíptico e que deve ser inspirado na divisão territorial dos Estados Unidos ou talvez toda a América do Norte.

Há muitas especulações entre os fãs, mas só quem sabe com certeza absoluta é a autora, que ainda não falou sobre o assunto. Resolvemos juntar as pistas que os livros nos dão e o que é falado pelos fãs no mundo inteiro para tentar fazer traçar um caminho possível.

A seguir, o que sabemos pelas pistas dadas nos livros:

Mapa físico da América do Norte, de onde Panem teria sido inspirado.

- A Capital deve ter sido inspirada em Denver.
- O Distrito 12 fica na região dos Apalaches, tem uma população bem pequena, mas nada impede que o distrito não seja tão pequeno assim. Ele é responsável pela mineração de carvão.
- O Distrito 11 faz fronteira com o norte do 12, é um dos maiores por ser agrícola e primariamente usado para cultivar grãos e outros alimentos. Sabemos que a segurança é bem reforçada aqui.
- O Distrito 10 tem como atividade principal a criação de animais. Eles não processam a carne lá, mas, como tem as funções de produzir alimento para todo o país , esse também deve ser um distrito grande.
- O Distrito 9 processa comida para a Capital e também as tésseras, que eram cubos de marfim usados como senhas, por isso provavelmente deve fazer fronteira com os Distritos produtores de comida, que são 4, 10 e 11.
- O Distrito 8 produz e trata tecidos, sendo assim industrial. Sabemos que dele é possível chegar ao 12 a pé em algumas semanas/meses, por isso ele não deve atravessar uma grande faixa de água.
- O Distrito 7 é especializado em madeira e por isso é bem provável que seja grande. Até onde sabemos, ele não tem nenhum papel no processamento de comida ou manufatura.
- O Distrito 6 é próximo à Capital e atua em pesquisa e manufatura de drogas (morfináceos, remédios). Provavelmente deve ter uma relação próxima com o Distrito 5, para ajudar na produção de bestantes.
- O Distrito 5 é totalmente dependente da Capital, então provavelmente fica próximo. Eles são especializados em pesquisa genética e manipulação. Por causa da necessidade de pensamento criativo e intelectual, além de possivelmente

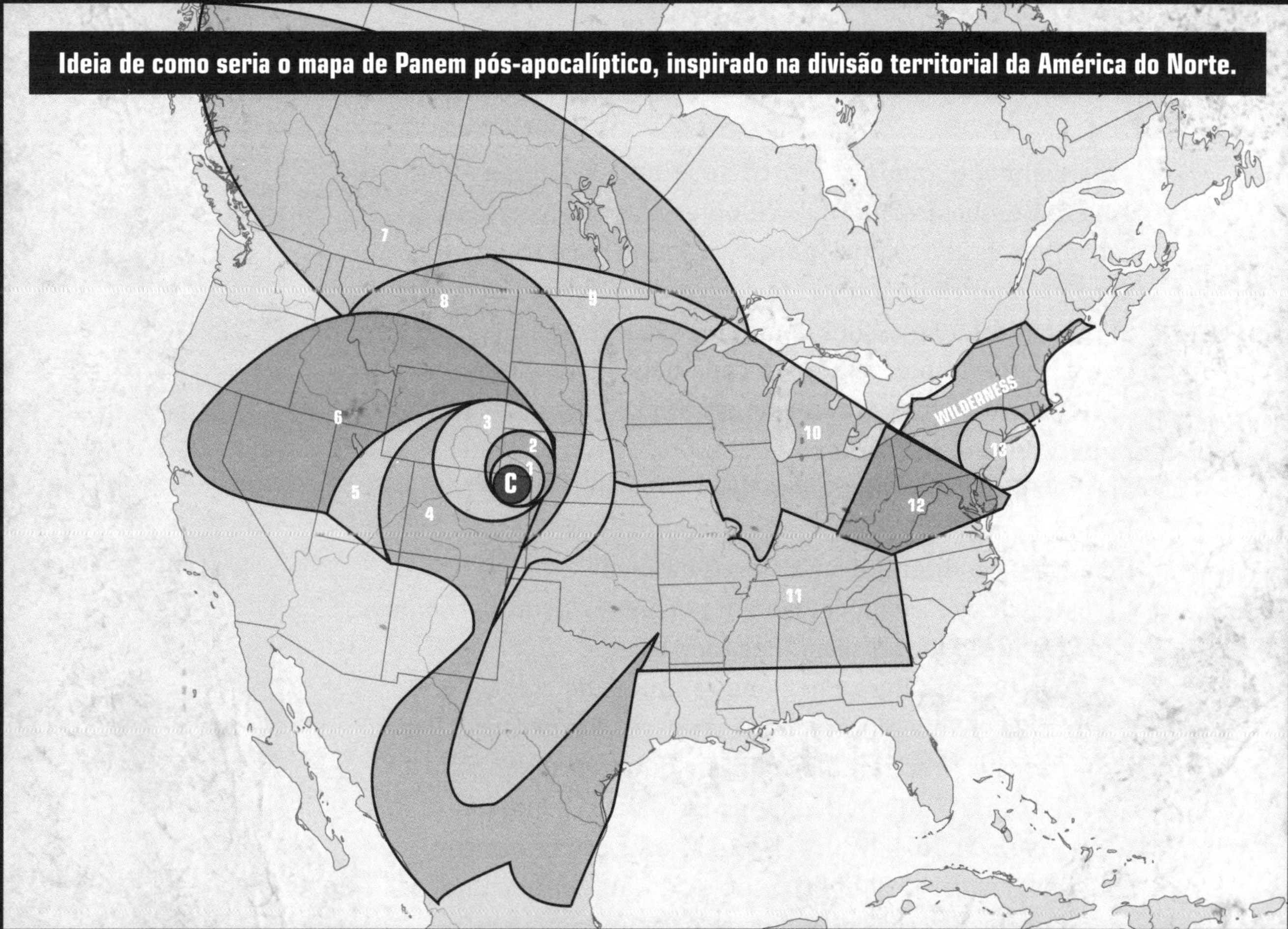

Ideia de como seria o mapa de Panem pós-apocalíptico, inspirado na divisão territorial da América do Norte.

ser próximo a um Distrito menor para poder ser monitorado e controlado mais facilmente.

- O Distrito 4 tem uma parte de oceano, e é outro que participa da produção de alimentos de Panem. Com certeza é bem grande. Como é um distrito de Carreiristas, deve ficar perto da Capital e ter certa autossuficiência.
- O Distrito 3 tem ligações muito próximas com a Capital e produz eletrônicos e tecnologia. Também deve ser pequeno, assim a Capital pode monitorar de perto suas mentes científicas. Não atua na manufatura ou no processamento de alimentos.
- O Distrito 2 é especializado em armamentos e é o Distrito mais leal, pois a Capital precisa manter felizes seus especialistas em armas, portanto provavelmente deve dar muitas regalias a eles. processa alguns produtos derivados de atividade mineradora. Eles treinam os Pacificadores. A ferrovia de Panem é facilmente acessada por este distrito.
- O Distrito 1 produz artigos de luxo para a Capital e tem uma mina de diamantes. A suspeita de que seja inspirada na Kelsey Lake Diamond Mine, uma mina de diamantes que fica no Colorado, perto da fronteira com Wyoming, é grande. Este distrito está colado na Capital.
- O Distrito 13 é especializado em energia nuclear, faz fronteira com o 12, é acessível a pé ao 12 e fica ao norte de West Virginia. Three Mile Island era uma central nuclear que ficava na Pensilvânia e provavelmente manteve um reator nuclear ou talvez o tenha reativado depois de muito tempo. O Distrito 13 é pequeno, mas poderoso e cercado de floresta, além de ser autossuficiente e ter um enorme abrigo subterrâneo.

Curiosidades sobre as traduções

Provavelmente quando assistir aos filmes no cinema (ou talvez já tenha assistido), você notará algumas coisas estranhas. Isso acontece porque, quando você traduz um livro para outra língua, neste caso do inglês para o português, muitas vezes adaptações de nomes são necessárias para que a história flua melhor em cada país. Listaremos aqui os nomes mais importantes no original e como eles foram publicados em português.

Vamos começar com os nomes dos livros: *The Hunger Games* na tradução se transformou em *Jogos Vorazes*. Em uma tradução literal ficaria "Jogos da Fome".

Catching Fire na versão em português ficou *Em chamas*. Uma tradução literal seria "Pegando fogo".

No terceiro livro, chegamos a um nó de tradução. O original se chama *Mockingjay*, e o nosso, *A esperança*. Para explicar este, precisaremos falar de outras traduções.

Tordo é o nome de uma espécie de ave que em inglês é chamada de Mockinbird. No livro eles cruzaram com os gaios tagarelas (Jabberjay, no original) geneticamente modificados do governo e deram origem a uma nova espécie, o *Mockingjay*. O problema é que em português eles mantiveram a palavra tordo tanto para traduzir *Mockinbird* como *Mockingjay* e com isso as coisas se confundem um pouco, mas a tradução não está errada.

As vespas teleguiadas são originalmente chamadas de Tracker Jackers. Os Bestantes são *Muttations*, uma palavra que é a mistura de mutação com a *mutt*, que é um cão vira-lata.

Vários nomes são traduzidos quase literalmente, como Costura (*Seam*), Campina (*Meadow*), Pacificadores (*Peacekeepers*), Capital (*Capitol*), Prego (*Hob*), Dias Sombrios (*Dark Days*), Aerodeslizador (*Hovercraft*), Idealizadores dos Jogos (*Gamemakers*) e outros.

Outra simplificação foi feita com as amoras venenosas. O nome original é *nightlock berrie*, que foi inventado e, graças ao quase sacrifício de Peeta e Katniss, ganhou um significado importante na série e vira símbolo de resistência. No terceiro livro, o Holo que é usado pelos rebeldes tem uma palavra de segurança que, se repetida três vezes, o faz explodir como uma bomba. Adivinha qual é? *nightlock*, é claro, que em português teve que ser adaptado para cadeado.

E temos também "A garota quente", frase usada em *Jogos Vorazes* e que no segundo livro é alterada para "A garota em chamas". No original ela é chamada de "The girl who was on fire", que na verdade é uma expressão difícil de traduzir, pois além de significar que ela literalmente está em chamas, também quer dizer que ela "está com tudo".

IMAGENS DE MIOLO: p. 8: © Jay Beiler | Dreamstime.com; p. 44: © Yuriykulik | Dreamstime.com;
p. 58 e 65: Nejron Photo | ShutterStock; p. 76: © Artography | Dreamstime.com; p. 79: maxstockphoto | ShutterStock; p: 83: hjschneider | ShutterStock ; p. 86: © Christian Draghici | Dreamstime.com;
p. 88 e 92: 3drenderings | ShutterStock; p. 95: Andre Nantel | ShutterStock; p: 96 James Steidl | ShutterStock; p: 104: Jose AS Reyes | | ShutterStock; p. 111: Linda Bucklin | ShutterStock;
p. 113: © Photomak | Dreamstime.com; p. 117: Sam DCruz | ShutterStock; p: 118: Deklofenak | ShutterStock; p.130: AISPIX by Image Source | ShutterStock; p. 142: Alexey Lysenko | ShutterStock;
p. 158: Galyna Andrushko | ShutterStock; p. 161: Chepko Danil Vitalevich | ShutterStock;
p. 165: © Chris Leachman | Dreamstime.com; p. 177: Oleksii Abramov | ShutterStock;
p. 182: S-BELOV | ShutterStock; p. 188: Andrea Leone | ShutterStock; p. 194: f9photos | ShutterStock.

IMAGENS DO CADERNO COLORIDO: Hollywood Archive / PHOTOSHOT / Other Images

Dados Internacionais de Catalogação na Publicação (CIP)
(Câmara Brasileira do Livro, SP, Brasil)

Gresh, Lois H.
The hunger games : a filosofia por trás dos Jogos Vorazes / Lois H. Gresh ; tradução de Cassius Medauar. — São Paulo : Lua de Papel, 2012.

Título original: The hunger games companion.
ISBN 978-85-63066-91-6

1. Literatura infantojuvenil I. Título.

12-01381 CDD-028.5

Índices para catálogo sistemático:
1. Literatura infantojuvenil 028.5
2. Literatura juvenil 028.5

2012

TEXTO EDITORES LTDA.
[Uma editora do Grupo Leya]
Rua Desembargador Paulo Passaláqua, 86
01248-010 – São Paulo – SP – Brasil
Blog da Lua: www.leya.com.br/luadepapel
Twitter: @luadepapel_BRA / @EditoraLeya